端木蕻良論

（增訂版）

劉以鬯

中華書局

❖

前排左起：劉以鬯、端木蕻良、柯靈、梅子；後排左起：陳國容（柯靈夫人）、羅佩雲（劉以鬯夫人）。一九八七年十月二十七日，攝於深圳西麗湖創作之家。

❖

左起：劉以鬯、羅佩雲、鍾耀群（端木蕻良夫人）、端木蕻良。一九九五年十月十八日，攝於端木北京寓所。

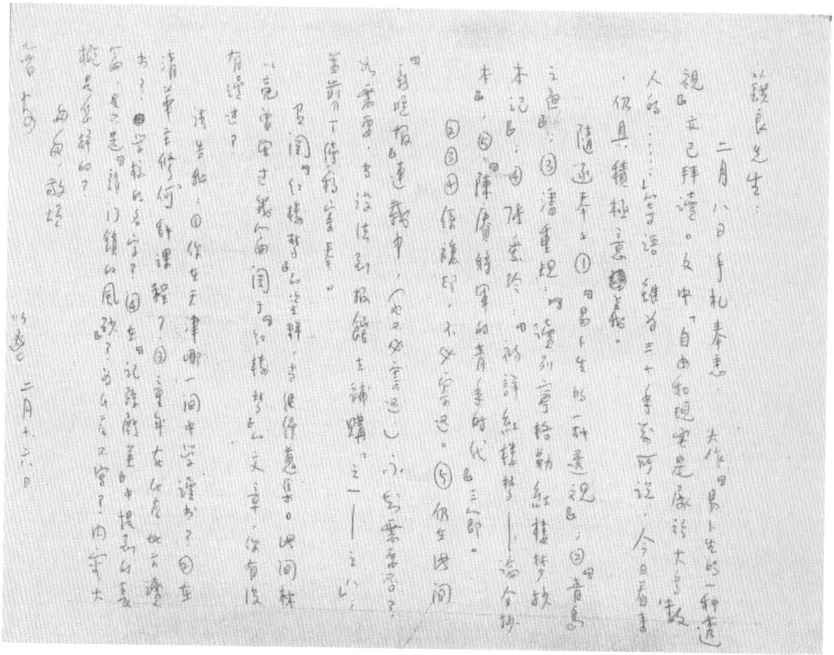

蘇良先生：

二月八日手札奉悉。大作《易卜生的一種透視》亦已拜讀。文中「自由和現實是家庭大多數人的……」等語，雖為三十年前所說，今日看來，仍具積極意義。

隨函奉上①《易卜生的一種透視》；②《音息之道》；③潘重規：《讀列寧格勒紅樓夢抄本記》；④[illegible]：《[illegible]紅樓夢——論全抄本》；⑤《陳賡將軍的青年時代》三人節。

②③④係複印，不必寄還。⑤仍在此間《新晚報》連載中，（也不必寄還）。你需要否？如需要，當設法到報館去補購「之一」——「之六」並將「下」續稿寄奉。

[illegible]《紅樓夢》的資料，[illegible]蒐集。此間林以亮曾寫過幾篇關于《紅樓夢》的文章，你有沒有讀過？

請告知：①你在天津哪一間中學讀書？②在清華主修何科課程？③童年在什麼地方讀書？[illegible]當時的名字？④在《記[illegible]》中提到的長篇，是不是《龍門鎮的風波》？為什麼不寫？內容大概是怎樣的？

匆匆，敬頌

著安

以鬯 二月十六日

❖

劉以鬯致端木蕻良書信，一九七九年二月十六日。

(1)

蕻良先生：

三月十五日惠函及大作《曹雪芹的樸素的唯物主義思想》收到，謝謝。上星期，此間《文匯報》和出《又是高言的家言》，亦已拜讀。這兩篇大文章都見獨到的見解！

《小城三月》發表於《時代文学》第二期，不是第十二期。插圖係新加坡的畫名是「金詠霓」，不是「金詠霞」。這件事，證明你與蕭紅的感情至深，而是些人所說的不和不睦。靳以在《悼蕭紅和滿紅》一文中對你的批評是不公平的。他說：蕭紅從你那裡得到的是精神上的折磨。這种評法，必須加以糾正。不糾正，以訛傳訛，年輕的一代必會產生錯誤的印象。糾正這种不正確的評法，最好就是將更多的事實公諸於世。你為《小城三月》繪製插圖，就是一個很好的証例。《小城三月》是蕭紅最後的作品，那時她的健康情況已到了令人担憂的階段，你們要是感情不好的話，你也不會為她的小說繪製插圖了。為了這個理由，我已將這件事告訴很多人知道的了。借寫出來，登在《開卷》（第五期）上。

蕭紅最重要的作品，除《生死場》外，都是她你在

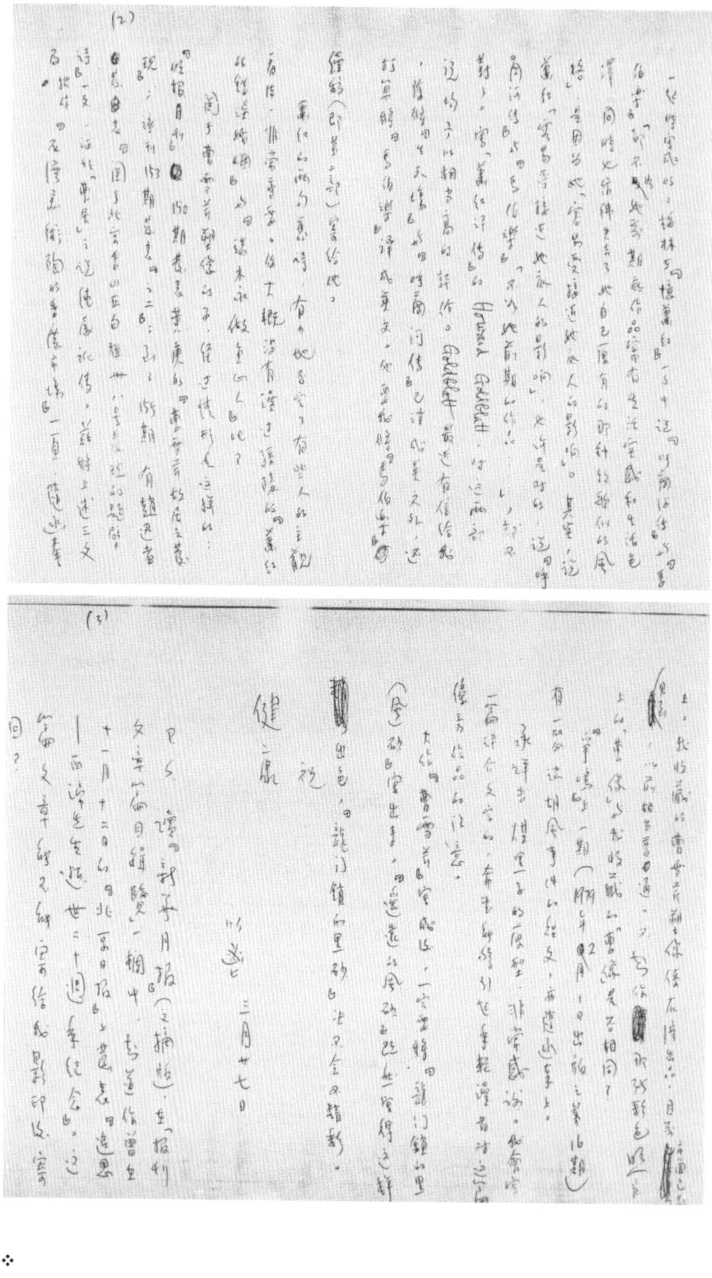

❖

劉以鬯致端木蕻良書信，一九七九年三月二十七日。

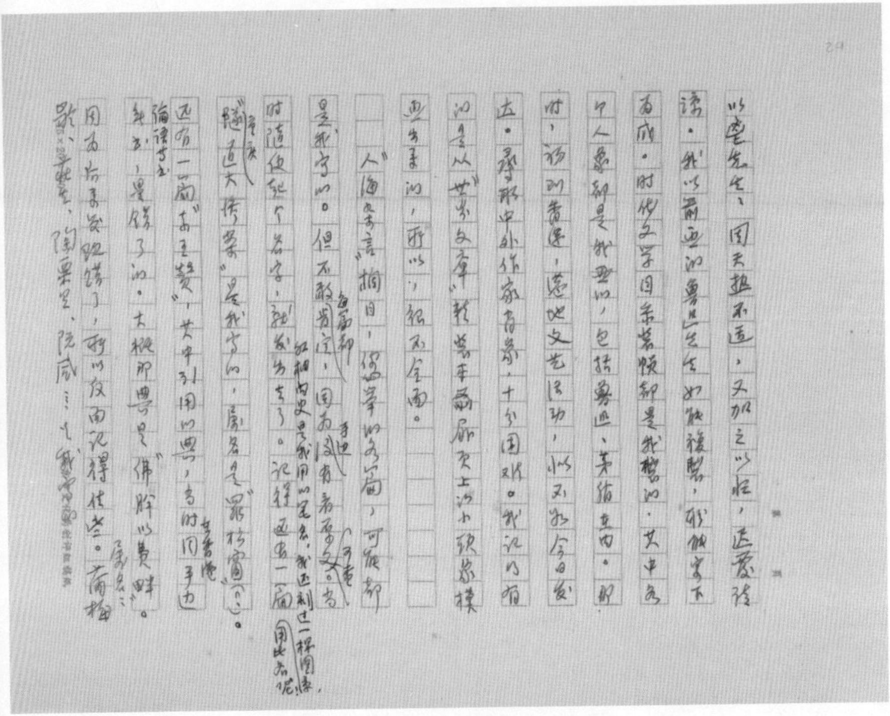

以迄先生，因夫拙不适，又加之以旺，还爱读
读。我以前的鲁迅先生如缺稽點，我敢写下
篇成。时代文学因系紧帧都是我整的，其中名
中人象都是我起的，包括鲁迅、茅盾在内。那
时，语的青年，总地文艺活动，以不为今日发
达。要形中外作家青象，十分困难。我记得有
的是从"世界文库"转载来而原文上的小缺象模
画出来的，所以，很不全面。

"人间鲁言"摘自，但本年的文篇，可能都
是我写的。但不敢肯定，因为没有看看原文。有
时随便起个名字，就发出去了。记得还有一篇
"随道大侠笑"是我写的，原名是"罪林窗(八)"。
还有一篇"西王艺"，其中引用的典，有时用手边
杂书，是错了的。大概那典是"佛脖以贵畔"。
因为古书竟错了，所以反而记得他些。"蒲梅
歌、华北莹、陶渠里、阮咸……七贤等

红楼内史是我用的笔名，我还刻过一枚图章，周先君作！

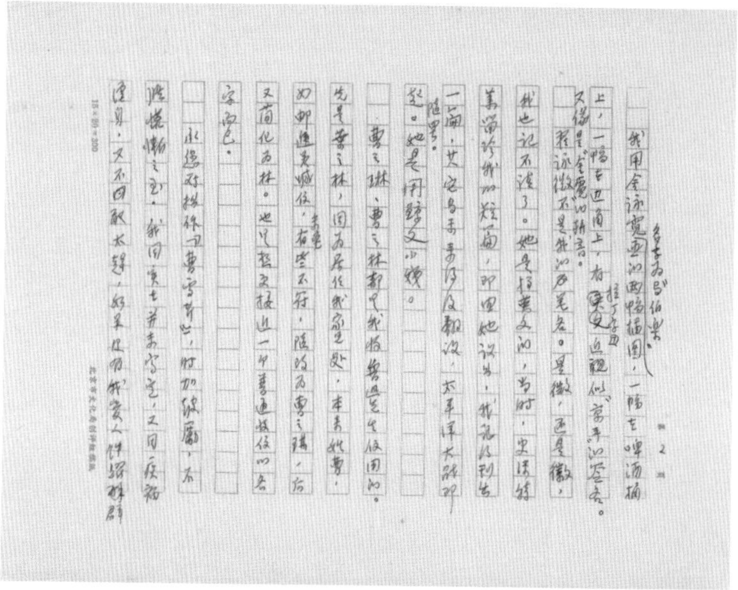

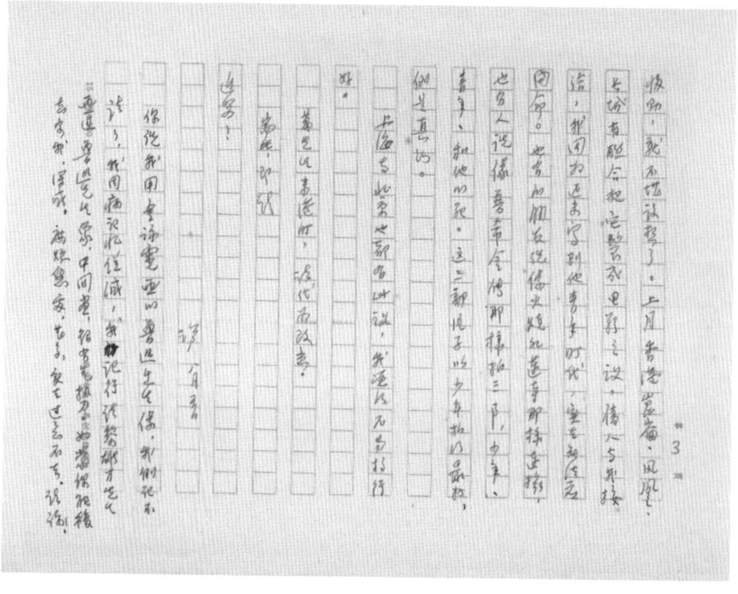

❖

端木蕻良致劉以鬯書信，一九七九年八月五日。

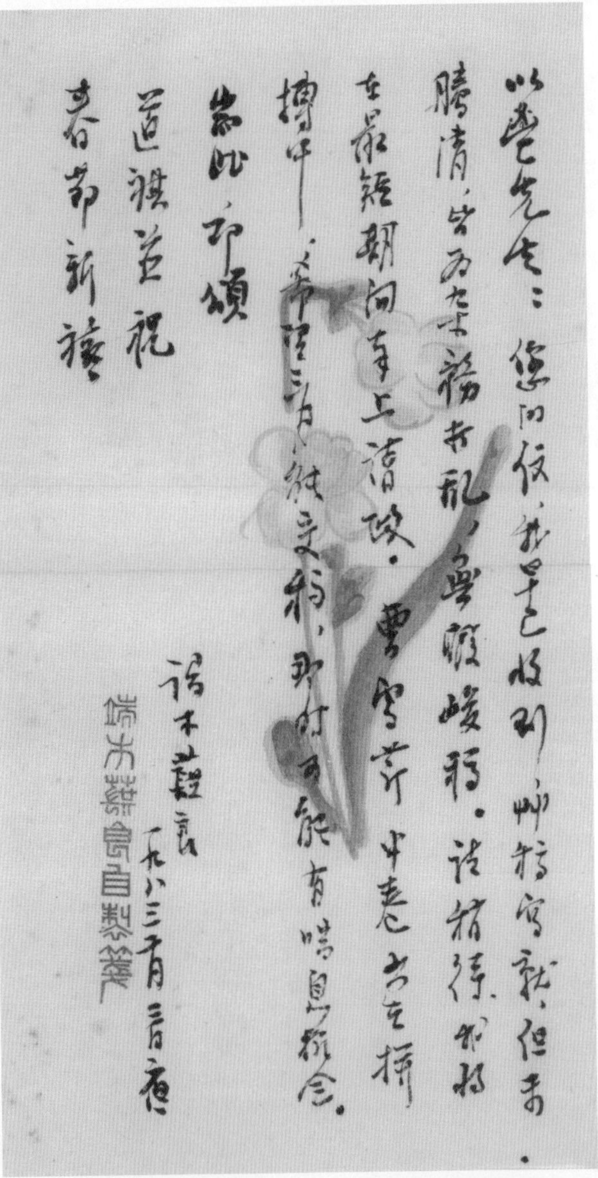

以鬯先生：您的信，我早已收到，艸稿寫就，但未謄清，皆為雜務所亂，曾發嚴峻病。請稍待，我將在最短期間奉上，請諒。曹雪芹中卷亦在拼搏中——希望三月能定稿，那時可能有喘息機會。

特此即頌

道祺並祝

春節新禧

端木蕻良

一九八三年二月三日夜

端木蕻良自製箋

❖

端木蕻良致劉以鬯書信，一九八三年二月三日。

目次

出版說明

增訂版出版說明

一九七七年七月，香港世界出版社出版了劉以鬯先生的《端木蕻良論》。這是作者的第一部文學評論集。全書係正度三十二開本，一百四十頁排十四篇文章，別為五輯。首輯收〈可憂的現象〉，透露寫作此書的緣起；次輯是端木小說的五篇評論：〈評《科爾沁旗草原》〉、〈評《科爾沁前史》〉、〈評《大地的海》〉、〈評《新都花絮》〉、〈評《渾河的急流》〉；三輯蒐集〈大山：端木蕻良塑造的英雄形象〉、〈馬七與小精〉、〈西洋文學對端木蕻良的影響〉、〈端木蕻良看《紅樓夢》〉、〈端木蕻良與魯迅〉五題，分論端木筆下的人物和端木所受中外作家的薰炙；四輯有〈周鯨文先生談端木蕻良〉、〈關於端木蕻良的通信（附錄：夏志清先生來信）〉（共九通，其中夏函五封）兩文；末輯為〈後記〉。

據我所知，上世紀七十年代初、中期，論析中國現代文學裏分量不輕的「東北作家群」的文字，無論是專書還是單篇論文，在中國內地已不多見；至於港、台乃至海外，則成果更如鳳毛麟角。一九四八年初版的《當代中國小說戲劇一千五百種》，提到「東北作家群」時曾給予最高評價的端木蕻良，本來聲譽甚隆、備受關注，唯因一九五五年夏「胡風反革命集團案」發生，北京市文聯秘書長王亞平以「胡風反革命集團分子」罪名被捕入獄，時任北京市文聯出版部部長的端木被牽連，受到審查，[1]早已淡出了研究者的視野。

十九年後的一九七四年八月下旬，在美國波士頓近郊名為恩地可的大別墅（Endicott House）裏，有個研究現代中國文學的盛會。與會者包括美國、加拿大、澳洲、日本、英國、荷蘭、德國、法國和波蘭等國約四十位相關學者。據說，與會者除美國華裔學者夏志清教授外，「竟然沒有一個人看過端木的作品，有幾位甚至於沒有聽說過端木這個人」。[2]而夏教授本人則在會上宣讀了長達六十三頁題為〈端木蕻良小說〉的論文，着重分析了《科爾沁旗草原》、《大地的海》和《大江》。

一九七五年，香港《明報月刊》第十卷第六至八期連載加拿大施本華女士的長篇論文〈論端木蕻良小說〉；同卷第九期發表夏志清的〈端木蕻良作品補遺〉；

同卷第十期又刊出劉以鬯先生的〈補《端木蕻良作品補遺》〉。其時，不但端木的「政治問題」仍懸而未決，連一九六〇年五月再娶的妻子鍾耀群也於一九七二年被定為「歷史反革命」（一九七四年平反）。一直要「到一九八〇年胡風錯案和受害者徹底平反，端木此案才畫上句號」。[3]

劉以鬯先生與端木蕻良先生本不相識，但「從一九三六年讀〈鷲鷺湖的憂鬱〉起，我一直是先生的讀者」。[4]他如是說，可見早就注意到這位東北作家的才氣。所以，一九七五年讀到上述波士頓近郊盛會的報道時，頓覺情況「值得擔憂」，動念著書。一九七六年初起，陸陸續續寫了開來；同年十月，「四人幫」垮台，神州歷史展新顏，劉先生已完成了《端木蕻良論》中的至少十篇文字。稍

◇◇◇◇◇◇◇◇◇

1 見端木侄子曹革成編纂《端木蕻良年譜（下）》，原刊北京《新文學史料》二〇一四年第一期（總第一四二期）。

2 見董保中〈記一次現代中國文學座談會〉，原刊《中華月報》一九七五年七月號（總第七一八期）。

3 見端木侄子曹革成編纂《端木蕻良年譜（下）》，原刊北京《新文學史料》二〇一四年第一期（總第一四二期）。

4 分見一九七八年九月二十三日、一九七八年十一月十八日劉以鬯致端木蕻良信。

後一鼓作氣，遂結集成這「第一部公開出版的端木研究專集」。[5]越年餘，他告訴端木：「拙作《端木蕻良論》初版僅印二千本，已售罄，書店無意再版。我打算多寫幾篇，交給另一家出版社出增訂本。」[6]遺憾的是，緊隨着的上世紀最後二十餘年間，劉先生工作最是忙碌：一九六三至八〇年代主編《快報．快活林》及《快報．快趣》副刊；一九八一年九月三十日至一九九一年四月四日主編《星島晚報．大會堂》副刊；一九八五年一月五日至二〇〇〇年七月一日主編《香港文學》月刊總第一期至第一八七、一八八合刊期。顯然，分身乏術，暫時無暇兼顧，增訂事宜也許便這樣擱置了下來。

一九七八年九月二十三日，劉先生開始與端木通信，云將空郵《端木蕻良論》求正，並請提供一些個人生平資料。同年十二月二十日，覆端木函感謝惠賜資料並透露：「我仍在研讀並蒐集大作，希望集到足夠的材料時能夠寫一本『端木蕻良傳』或『端木蕻良評傳』出來。」此後，類似的詢問時見，推進了劉先生的相關研究。一九八七年十月二十七日，兩人夫婦首晤於深圳西麗湖麒麟山療養院創作之家；一九九〇年一月十日，由劉先生與盧瑋鑾（小思）策劃，香港中華文化促進中心邀端木來港講演，談上世紀四十年代香港文壇和他與蕭紅在港生活、創作、從事文學活動的情況，惜因端木突然肺部嚴重感染入院，無法成行，他們的重逢頓成泡影；所幸一九九五年十月十六至二十一日，應北京中國作家協會及新華社香港分社邀請，劉先生率香港作家團十五位作家訪京，十八日得於端木的京城寓所再次相會。根據通信和會面所獲第一手資料，一九八三年八月十一日，在第五屆香港「中文文學週專題講座」上，劉先生作了題為〈端木蕻良在香港的文學活動〉的長篇發言；二〇〇四年六月八日又寫成〈端木蕻良與《時代文學》〉專文。這兩篇重要文章，填補了有關端木與香港文壇關係研究的空白。

端木致劉先生的親筆信，目下見到的最後一封，是一九九三年底用毛筆寫下的。但兩家通信持續至一九九六年端木病逝之後，京中來函均由鍾耀群執筆。二〇〇四年二月二十四日，鍾女士函謝劉先生惠贈《酒徒》和賀年卡。二〇一八年六月八日，劉先生離世。遺物經夫人羅佩雲女士細心整理，找得這批往來信件，

◇◇◇◇◇◇◇◇

5　見端木侄子曹革成編纂《端木蕻良年譜（下）》，原刊北京《新文學史料》二〇一四年第一期（總第一四二期）。

6　分見一九七八年九月二十三日、一九七八年十一月十八日劉以鬯致端木蕻良信。

其中選附於本書的共六十四通（劉二十六通，端木三十八通），約二萬六千餘字。內除一封一九九三年底致劉先生的信由端木夫婦聯署、鍾耀群執筆外，餘均出自劉先生和端木先生之手。還有少數幾封是端木病中及逝世後，鍾耀群女士寫下的，內容大抵屬問安敘常性質，沒有收入。

時光一飛逾四十一年，二〇一九年冬，再版《端木蕻良論》之美意，由中華書局（香港）有限公司總編輯侯明女士提出。羅佩雲女士支持此議並慨允提供上述相關文章和信函，同時囑我選文增補，重新編次、校核，並為新增的〈與端木蕻良先生的通信〉作了若干必要的「編注」。想到劉先生「增訂」遺願終於得償，想到喜愛兩位大家作品的讀者和研究者可以藉此獲取新知，衷心感動，遂竭盡所能，勉力從事。唯疏漏之處，在所難免，盼高明不吝指正，謹此銘謝。

梅子

二〇二〇年十月一日深夜初稿，於香港。

二〇二一年一月二十五日凌晨二稿，於香港。

代前言

可憂的現象

❖

研究中國現代文學的人忽然多了起來，用漢文以外的文字寫的專門著作，不斷在書店出現，情形頗為熱鬧，發展下去，不難形成潮流。

這是好現象？

未必。

眼前有一項令人難以置信的事實，顯示這種現象是可憂的。

七月份出版的《中華月報》（總第七一八期）上，有一篇通訊，題目是〈記一次現代中國文學座談會〉，由董保中教授執筆。這篇通訊告訴我們：「一九七四年八月二十六日至三十日，在波士頓近郊的一個大別墅裏，有一個研究現代中國文學的會議。」又說：「有四十人左右參加，除了來自美國本地的以外，並包括了從加拿大、澳洲、日本、英國、荷蘭、德國、法國及波蘭研究現代中國文學的學者們，所以也是一個難得的盛會。」

在這個「盛會」中，據說「一共討論了二十三篇論文」，第三天「最後討論的論文是夏志清教授的〈端木蕻良的小說〉」。

在敘述當時的情形時，董保中教授這樣寫：

端木蕻良在現代中國文學史上一直沒有受到應有的注意。就是對我們這三四十個參加現代中國文學會議的來說，竟然沒有一個人看過端木的作品，有幾位甚至於沒有聽說過端木這個人。夏志清教授自然也知端木是一個未為人知、未被發現的作家。……

讀了這段文字，不禁愕然者久久。

端木蕻良在中國現代文學史上一直沒有受到應有的注意？端木蕻良是一個未為人知的作家？端木蕻良是一個未被發現的作家？

如果這是實情的話，端木蕻良在「文學算盤」上，未能「五入」，已被視作「四」而「捨」棄。這是端木的不幸，抑或學人們的認識不夠深切？

端木蕻良的出現於一九三六年，凡是對中國新文學發展過程稍為有些認識的人，不必是專家，也不必是學者，都知道：與張天翼的出現於一九二九至三〇年、穆時英的出現於一九三一年、趙樹理的出現於一九四三年，同樣會受廣泛的注意。他的〈鷲鷺湖的憂鬱〉在《文學》第七卷第二號發表後，幾乎獲得讀書界一致的好評；三個月後，〈遙遠的風砂〉於《文學》第七卷第五號發表，使他奠定了作家的地位。他的《科爾沁旗草原》於一九三九年出版，在不過兩年的時間內，曾印過六版。新文學作品能夠這樣暢銷的，為數極少。一九四九年後，此書的銷數更多。單是一九五六年的第一版，就印了一萬冊。讀過這部作品的人，數以萬計。這些數以萬計的讀者，當然不會個個都成為專家或學者，但是，作為探研中國新文學的學者，共聚一堂，開會討論中國現代文學，居然沒有一個人讀過端木蕻良的作品；有的連端木蕻良的名字也沒有聽過，這種情形，說淺薄，倒也有點像童蒙。難怪董保中教授要「竟然」於前，「甚至」於後了！

其實，端木蕻良的重要性，在中國新文學史上，是早已獲得公認的。（一）胡風曾說他「創造出了一幅淒美動人的圖畫」。（二）在《當代中國小說戲劇一千五百種提要》裏，他是「東北作家群」中獲得最高評價的一個。（三）復旦大學中文系編著的《中國現代文學史》，對他有這樣幾句評語：「這些作品除《科爾沁旗草原》對東北的農村封建黑暗勢力作了較深刻的剖析以外，其他作品都在一定程度上反映了當時中國人民的抗日要求，鼓舞了人民的抗戰情緒。」（四）丁易在《中國現代文學史略》中，說他「寫下很多反映社會生活各方面的作品」。（五）《中國新文學大系續編》第四卷的導言，對〈遙遠的風砂〉有這樣的評語：「生動的描寫了帶領收編的人們去收編土匪隊伍的一個名叫煤黑子的大土匪的典型性格，這在中國現代小說作品中是很少見的一種題材。」（六）曹聚仁將他與舒群並論，說他「所寫的都是血腥故事，此中有着憎恨與戰鬥的情緒」。（七）劉綬松在《中國新文學史初稿》提到端木蕻良的《憎恨》，說「這些作品真實地記錄了東北人民的苦痛和抗爭」。……上述各種評語，不一定全部是切實公正的，（也許端木的作品應該獲得更高的評價）不過，這些批評最低限度可以證明：「端木蕻良在中國現代文學史上」並非「一直沒有受到應有的注意」。

中國新文學，由於一開始就借用了外國的理論與技巧，幾乎有半世紀之久，不受域外人士重視。不受重視，當然會使域外人士對它缺乏了解與認識。近幾年，全球掀起「中國熱」。凡是屬於中國的東西，都能使好奇者感到興趣。中國現代文學，在這種情況中，陡然變成「時髦的學問」，不但研究中國現代文學的人多了，研究中國現代文學的外文書也多了。學者們未必想利用漢文以外的文字將中國現代文學當作寶物販賣給外國讀者，只是過分的熱誠，使他們急於表現自己，在認識中國新文學運動全貌之前，就著書立論了。

對中國新文學的認識缺乏應有的湛深，只看花朵，不看全園；只看片面，不求深廣，無論寫作態度如何認真，所作總結，包括對個別作家的探研，都是隔靴搔癢。

在波士頓舉行的研究現代中國文學會議，參加者都是在國際學術界已建立地位的學者。這些學者多數已有關於中國新文學的專門著作問世。可以預測的是：今後仍將有更多的著作出版。到那時，中國新文學運動的面目，由於部分學者的認識不夠，是否會使外國讀者產生不正確的概念，值得擔憂。

一九七五年九月三十日

第一輯

評《科爾沁旗草原》

端木蕻良寫小說，視字彙為油彩，塗在適當的位置，繪出感情上的沖激，將力量灌注在作品裏，有出群之氣。當文壇出現差不多現象時，端木蕻良不甘同人之所同，寫了《科爾沁旗草原》。這部小說，無論內容或表現方式，皆有求異的傾向。他的創新意圖，使他的作品具有一種特殊性，像「一輪紅澄澄的月亮」，出現在空中，展覽突出。《科爾沁旗草原》不是十全十美的。它有不少缺點。不過，新鮮的題材與閃光的文采使它的缺點成為次要。三十年代是新文學運動的放苞期，小說家能夠超越端木蕻良在這部作品中達致的藝術水平的，很少。《現代世界文學》對納布可夫的《羅麗泰》所下的評語是：「It is very nearly a great novel.」這句話，用以批評《科爾沁旗草原》，依我看來，也是適當的。

一九七六年二月三日

評《科爾沁前史》

❖

端木蕻良說：「丁寧自然不是我自己。」如果這是脂硯齋所指的「煙雲模糊處」的話，端木蕻良顯然不及曹雪芹「狡猾」了。他不能將內心世界的矛盾掩飾得很好，令人不得不懷疑「丁寧的身上流過了我們作者的血液」。[1]

在中國新文學史裏，小說中含有「自傳」成分最多的，應推郁達夫。其次，大概是端木蕻良了。對於郁達夫，小說只是表現自己的工具，而端木蕻良卻將小說當作工具去表現他的家族。

讀《科爾沁前史》，使我想到《尚桑短》（*Jean Santenil*）。《科爾沁前史》之於《科爾沁旗草原》，與《尚桑短》之於《往事追跡錄》（*A la Recherche du Temps Perdu*），頗多相似之處。M．普魯斯特將類似的題材寫了兩部作品；端木蕻良也用類似的題材寫了兩部作品。不同的是：《尚桑短》近乎草稿，《往事追跡錄》則是定稿，而《草原》是定稿，《科爾沁前史》卻不是草稿。《前史》，依我看來，只能算是《草原》的注釋。這種看法，從文體、內容與寫作時間上可以獲得支持。（一）在文體上，《尚桑短》是小說，《往事追跡錄》也是。《科爾沁旗草原》是小說，《科爾沁前史》不是。《前史》是歷史——曹家的家族史。（二）在寫作時間方面，次序也恰好相反。M・普魯斯特先寫《尚桑短》，因為對寫好的稿子不滿，遂以最後十七年的時間與精力撰寫《往事追跡錄》。端木蕻良的《科爾沁旗草原》作於一九三三年，於一九三九年出書；而《科爾沁前史》則發表於太平洋戰爭前夕。從不同的文體中，我們可以肯定地說：端木不是因為對於《草原》不滿才另寫《前史》的。（三）至於內容，《尚桑短》有「許多材料在《往事追跡錄》裏再用，是很容易看得出來的」。[2]同樣的情形，《科爾沁旗草原》中的材料，再度出現在《科爾沁前史》裏的，也有不少。為了說明這一點，先舉出一個顯明的例子。

1　巴人：〈直立起來的科爾沁旗草原〉，《窄門集》第一六八頁。
2　J. M. Cocking, Jean Santeuil, *The London Magazine*, vol. 2, no. 11 (Nov. 1955).

《科爾沁旗草原》第三章一開頭就這樣寫：

繼承大爺的呢，是小爺，小爺與大爺最相同的一點，是大爺踢過趙大人的供桌，小爺罵過馬監督……

單看《科爾沁旗草原》而不看《科爾沁前史》，讀者會因人稱的混淆而弄不清楚。「人稱由『小爺』突兀的變成『父親』，因此這人物在故事發展中的時間和地位一下子是無法使人明白的。」[3]但是，看過《科爾沁前史》，就可以明白了。《前史》第五節中有這麼一段：

我的祖父也想學太爺，太爺打了黃帶子，他就踢了趙大人的供桌，因此挨了主考官的紅槓子，沒有中了舉……

這裏的「他」，指的是端木蕻良的祖父。在《前史》中，端木的祖父「踢了趙大人的供桌」。在《草原》中，大爺「踢過趙大人的供桌」。所以，「大爺」就是「祖父」。「大爺」既是端木的祖父，「小爺」當然是端木的父親了。其實，《草原》中含糊的地方，大部分可以從《前史》中獲得明確的答案。這就是為甚麼我要說《前史》等於《草原》注釋的理由。

端木與普魯斯特一樣，將用過的材料重用一次，做法雖同，目的各異。普魯斯特在《往事追跡錄》中重用《尚桑短》用過的材料，旨在追求更完美的表現，以期達致較為完整的重組。其情形，與「一個畫家消滅早年的習作，重新畫出一幅傑作」，[4]十分相似。端木的動機，顯然不同。他在《前史》中重用《草原》的材料，似乎在向讀者對他的家族史作一次更明確的解釋。《草原》寫的是「大家族史的演換」；[5]《前史》寫的也是「大家族史的演換」。題材一樣，表現體式不同。《草原》的材料，是經過藝術加工的；《前史》的材料則是用篩子篩過的。篩掉了《草原》裏的藝術加工，賸下來的是樸實，縱使無華，倒是比較真實的。

3 施本華：〈論端木蕻良的小說〉，載《明報月刊》第一百一十四期。
4 *Jean Santeuil* (Panther edition, 1966). Preface by Andre Maurois.
5 《科爾沁旗草原》後記。

《尚桑短》「在敘述中，更接近普魯斯特的生活」，[6]《科爾沁前史》也是這樣，只是藝術性不高。

端木蕻良「採取了電影片的剪接的方法」寫《草原》，將他的筆當作攝影機，攝取「草原」上的真實。與杜斯·帕索斯一樣，他也企圖「盡其能力所及使他的小說看來只是鏡中的反映」。[7]這種努力，從《科爾沁前史》中，可以找到許多證例。

《科爾沁前史》第六章有這樣的敘述：

> 我的母親本來是我太爺的佃户家的女兒，因為長得好看，被我父親看中，所以一定要娶過來。但是在當時父親的名聲是不十分好的，而我的外祖父又是一個十分梗直的人，又加我大舅是個暴躁火性的人，生怕人家罵他為了攀高結貴，出賣了自己的妹妹。……
>
> 但是我父親卻期在必行，不顧全鄉人的反對和家人的勸阻，仍然要娶。所以便託媒人去説。遭到了嚴詞拒絕之後，我的父親便決意去「搶親」，他在一個黑夜裏僱了四十多個打手，到黃家去劫親。

怎樣「劫」法？

《科爾沁旗草原》第三章對同樣的事件加上許多顏色：

「院裏院外人都滿了，都是拿着傢什的，前後門都有人截着，端定槍，許進不許出，不分男女。」

母親惘然地把一頂男人的帽子從頭上取下，恨恨地向地上一甩。把頭便埋在手裏，絕望地哭了起來，她的化裝逃走的計劃已經不能實現了。一會兒，她瘋狂地跑到外祖父的炕沿邊，哀求他道：

「答應了罷，事情已經是不能挽回了，再弄就更糟了，爹爹……」

母親瘋狂地哀求，外祖父依然像往常一樣鎮定，看不出一點兒表情。

這時，院心發生了很大的騷擾，叫囂聲，械鬥聲，大舅的怒罵聲，混成了一片。

6 同注二。

7 Jean-Paul Sartre, *Literary Essays.*

母親失望了，她停止了一切的懇求，死了似的木立着。外祖父全身驚恐震動了一下，他掙扎着想起來，旋又躺下，搖了一下頭，父女互相注視了一眼，外祖父便長嘆了一聲，說：

「寧呵，你到那裏，好好的服侍他罷，一切都是命呵！……」

這是一個故事的兩種寫法。《前史》所述，雖然更接近真實，畢竟是貧血的；遠不及《草原》所述的生動、有力。《草原》中的描寫，字從怒生，感染力強，一若潑墨。劉西渭曾指出：茅盾與巴金「都不長於描寫」。[8]這句話的正確性，誰也不能否定。在現代中國小說家中，長於描寫的，端木蕻良是極少數中間的一個。「在語言藝術的創造」上，巴人認為：《科爾沁旗草原》「超過了自有新文學以來的一切作品」。[9]巴金「所有的作品都是從『生活』裏來的」。[10]端木蕻良則將「生活」寫在作品裏。巴金「早期的作品大半是寫感情，講故事」。[11]《科爾沁旗草原》是端木蕻良早期的作品。在「講故事」時，端木「為太感情了的感情奔馳在和理智完全不相容的一面」。[12]巴金「感情豐富」，[13]自認「不是一個冷靜的作者」，「沒法創造精心結構的藝術品」。[14]端木則不同。太感情了的感情使他寫出「成就超過茅盾的《子夜》」[15]的《科爾沁旗草原》。巴金的「熱情造成他敘述的流暢」[16]，但流暢不是達致藝術境地的重要條件，有時，它會像急流般沖淡作品的藝術性。《草原》雖然艱深晦澀，卻有細緻的描寫。這種描寫，《科爾沁前史》是沒有的。這種描寫，使《草原》具有李長之所說的「藝術中的絕對性」。《科爾沁前史》與《科爾沁旗草原》有許多不同的地方，這是主要的。

從事實境域（《科爾沁前史》）進入藝術境域（《科爾沁旗草原》）時，端木蕻良筆底下的人物變成舞台上的優秀演員，一言一語，舉手投足，無不具有叩人

◇◇◇◇◇◇◇◇

8 劉西渭：《咀華集》，第十四頁。
9 同注一。
10 《巴金文集》，第十四卷，第四五三頁。
11 《巴金文集》，第七卷，第四七〇頁。
12 同注五。
13 《巴金文集》第七卷，第四七一頁。
14 同上注。
15 夏志清：〈端木蕻良作品補遺〉。載《明報月刊》第一一七期。
16 劉西渭：《咀華集》，第十三頁。

心弦的感染力；反之，從藝術境域（《科爾沁旗草原》）進入事實境域（《科爾沁前史》）時，這些人物等於洩了氣的皮球，用力拍時，彈得起，彈不高。

寫《科爾沁前史》時，端木蕻良在敘述家人的故事時揭露自己，並不在敘述自己的故事時揭露他的家人。在《前史》中，他不是主角。

雖然不是主角，即使粗心的讀者，在閱讀這部作品時，也很容易對他組成一個清晰而又深切的認識。理由是：當他對家人作冷眼旁觀式的分析時，竟不自覺地分析了自己。他這樣寫他的大表哥：

……他年紀比我大哥大一兩歲，他們都叫他「大祥哥」，他稱呼大哥二哥三哥只叫他們的學名，可是他雖然和我年紀相差很大，但他不叫我的學名，叫我四先生，叫我妹妹作小妹妹。

寫的是大表哥，卻使自己像水晶球一般呈露在讀者眼前。郁達夫小說中的主角所做的事情，往往也是郁達夫自己做過的事情。「在探究郁達夫的自傳成分，是不需要依賴第一人稱或第三人稱的。」[17]即使用第三人稱寫的小說中，也可以找到郁達夫自傳式的事件。端木蕻良的作品，大部分用第三人稱寫。在《科爾沁旗草原》中，也採用第三人稱寫自己；但在《科爾沁前史》中，就用第一人稱寫自己了。《草原》是丁家的家族史；《前史》是曹家的家族史。他姓曹。這是他的自傳的一部分。

他說《科爾沁旗草原》是「以科爾沁旗的首戶丁家為模型而寫的」。[18]但是，到了寫《科爾沁前史》時，因為捨不得離開真實，就爽爽快快寫出「曹」家了。換言之，寫《草原》時，他是躲在故事背後的；寫《前史》時，就跳入故事了。

《科爾沁前史》的敘述是概括的，與《草原》不同。事實上，它只是率直的敘述，文采不顯，缺乏豔麗。不將它當作小說，就可以找到它的價值。它甚至為我們解答了一個重要的問題：端木蕻良為甚麼從事創作？

17 Anna Dolezalov, Yu Ta-Fu, *Specific Traits of His Literary Creation*. P.77.

18 同注五。

……母親是個很會講故事的人，她講得富於風趣，而且正直，她使我知道了很多事，這對我影響很大。母親在講我們家族史的時候，雖也是存着一種秘密的崇拜，彷彿也非常光榮似的，不過她多少仍帶着一份兒敵意。[19]

「母親很會講故事」，長大後的端木蕻良也很會講故事；「母親講家族史」，長大後的端木蕻良也講家族史。從這段敘述中，我們知道了《草原》、《前史》、《大地的海》材料的來源。至於寫作動機，端木在《前史》中也給我們一個明確的答案：

我母親在我十三四歲的時候，對我講她的身世的時候，便說：「媽媽的話都要記着，將來你長大了，要念好書，把媽媽的苦都記下來。」

又說：

……「不要讓曹家那樣得意呢！」

「母親的話」，端木蕻良在《前史》中說，「我都記得很真」。唯其記得很真，所以寫了《科爾沁旗草原》；寫了《大地的海》；寫了《科爾沁前史》。這一點，在《大地的海》的後記裏，也有明確的透露。他說過這樣的話：

……這種流動在血液裏的先天的憎、愛，是不容易在我的徹骨的憂鬱裏脱落下去吧！[20]

先天的憎與愛，一直在他血液裏活動；在他的作品中，也是無所不在的。他寫「憎」。他寫「愛」。他的第一個短篇集，就題名《憎恨》。北京出版社出版

◇◇◇◇◇◇◇◇

19《科爾沁前史》第四節。

20《大地的海》（新文藝版，一九五七年），第二六一頁。

的《森林炊煙》，[21]收集了他的歌頌「愛」的散文〈傳說〉。這篇散文寫得很美，與當時的文藝傾向不大合拍。

夏濟安認定瞿秋白是一個軟心腸的共產主義者，因為瞿秋白「愛他的父母、表親、朋友、野花和月色」。[22]端木蕻良不但愛他的父母，愛他的表親，愛他的朋友，還愛「渾河左岸的白鹿林子」，愛鴜鷺湖上那「一輪紅澄澄的月亮」，愛似海的大地……但是，端木的心腸並不軟。他懂愛，也懂恨。在《科爾沁前史》中，無論寫他的太爺，寫他的祖父，寫他的父親，寫他的母親，寫他的舅父們，寫他的大表哥，寫東北的地主……即使沒有根據偏見作出結論，也不能突破感情的重圍，對筆下人物的愛與憎，分明一若黑白。他的作品能夠高出一般水平，基因在此。他曾經露骨地批評過茅盾的作品，說茅盾「對於人物的愛憎的強度還不夠，所以藝術的價值也受到損失」。[23]這就是他與茅盾不同的地方。他懂得利用強烈的愛和憎去保護作品的藝術價值，使其成為一股力量。這一點，與巴金也有不同之處。「巴金，像大部分藝術家一樣，在寫作他的小說時，感到痛苦；但是，『這種創作上的痛楚』並不是因為找不到恰當的字句去表達他的感受與觀念，而是在感情上受到人物的纏繞。」[24]端木蕻良寫小說，除了感情上受到人物的纏繞外，在尋找恰當的字句時，必定有過痛苦的經驗。

作為一個小說家，端木不甘於平凡。但《科爾沁前史》卻是一部平凡的作品。平凡，因為那是流水帳式的敘述。雖然解釋了《草原》的某些疑點，卻遠不及《草原》感人。它單純。它缺乏文學的華美。它老老實實記下了曹家的故事。我說「故事」，因為除了故事之外，再也沒有其他值得它的作者驕傲的東西。「小說」與「故事」向來缺乏明確的分界。被我們稱作「短篇小說」的，英文叫做short story。但在嚴格意義上，「小說」與「故事」還是應該劃下一條界線的。

「小說」與「故事」，兩者有同處，也有異點。像《科爾沁前史》這樣的作品，只有概括性的敘述，可以當作小說看，不能稱作小說。

縱然如此，作為研究端木蕻良的資料，即使寫得散漫而缺乏條理，《科爾沁

21 此書是十幾位作家的散文合集，除端木蕻良外，還有陳白塵、張畢來等。
22 Tsi- An Hsia, *The Gate of Darkness*. P.8.
23 端木蕻良：〈文學的寬度，深度與強度〉，載《七月》第五期，一九三七年十二月十六日。
24 Olga Lang, *Pa Chin and His Writing*. P.256.

前史》具有的重要性，使它不需要藝術的外衣。讀過《科爾沁旗草原》的人，必可從《科爾沁前史》中得到一些意外的發現。如果將《草原》喻作帆船的話，《前史》就是風。不過，有一點不能忘記：帆船不扯帆的時候，一樣可以在海上航行。

一九七六年一月廿五日

評《大地的海》

「恰合時宜的作品」，[1]往往無力馱負時間的重壓。《大地的海》要是在小說藝術上完全沒有特色的話，早已像標本那樣失去原有的芬芳了。一九四九年，端木蕻良在答覆《文藝生活》社的詢問時曾主張作家「必須要服從政治的發展，順從政治的號召來體認真實」。[2]根據這一點，我們有理由相信：端木蕻良於一九三六年寫成的《大地的海》，有意將它作為宣傳的材料。問題是：「作品可以為宣傳的好的材料，——但宣傳的價值還不能為藝術的作品的保證。」[3]宣傳的價

1 端木蕻良的〈論人權運動〉中，有「這是非常『恰合時宜』的作品」一語。該文作於一九四一年四月二十二日，載《時代批評》第七十期。
2 〈文壇一年間〉，《文藝生活》總四十五期（一九四九年二月十五日），第七頁。
3 鄒弘道譯：《高爾基評傳》（一九三七年版），第四十三頁。

值既不能保證作品的藝術性，「文藝的高下」，誠如曹聚仁批評魯迅的〈在酒樓上〉時所說，「並不由於宣傳性濃淡來決定的」。[4] 端木蕻良是一個以政治為第一要義的作家（曾在〈論懺悔貴族〉一文中要求中國的批評家「把過去的作家的政治思想發掘出來」），寫小說，主要為政治服務。這種觀點，與沈從文截然不同。沈從文在〈新的文學運動與新的文學觀〉一文中表示不願「趨時討功」，也不肯讓文學受政治的分割，寫小說，需要有較多的自由表達意念。他在井崗山曾經住過一百多天，計劃寫一個長篇而沒有寫成，足見他與端木是不同的。

端木於一九三二年參加左翼作家聯盟，寫《大地的海》，企圖「趨時討功」，是極有可能的。趨時討功，其實也沒有甚麼不好，只要作者仍能忠於藝術，即使「順從政治的號召來體認真實」，一樣可以寫出具有文學美的作品。端木的《大地的海》，與《科爾沁旗草原》一樣，藝術性較高而政治性較低，視作宣傳的材料，跡近浪費。這裏的「高」，如果呂熒的見解可以接受的話，「不是說文字的艱深，情節的複雜，或者構思的深奧」，而是「能達藝術上真實的表現」。[5]《大地的海》的情節遠不及《科爾沁旗草原》複雜；在藝術上，倒是具有真實的表現的。重視小說架構的讀者，讀過《大地的海》之後，也許會因它缺乏交織式的組織而失望；不過，這不能算是缺點。簡單的架構往往是比較堅穩的架構。《大地的海》主要的缺點不在架構的不穩，而是將電影手法運用在小說中的時候，端木忘記小說是要用興味線來吸引讀者的。

沙特評論《喧嘩與憤怒》時，說福克納拆散時間後，再將時間的「碎片」湊合攏來。這是第一流的小說技巧。端木無法排除空間的限制，只好取巧地利用電影的表現手法。《大地的海》第十五章，花枝問路百吉：「……那鑽石戒子你甚麼時候送給我呢？」[6]——問題雖然提出了，回答卻要到第十九章才能找到。第十九章開頭的二十六行，簡賅地寫出路百吉與白雅齋、三井、孫子厚、大老婆、花枝以及兒子的關係。其中，路百吉只對花枝說了一句話：「花枝，鑽石戒子在這兒嘍！」這簡短的一句話，使情節的前後有了呼應。接着，端木的筆賽若

◇◇◇◇◇◇◇◇◇◇◇◇

4　曹聚仁：《魯迅年譜》（香港：三育圖書文具公司，一九七二年），第一七〇頁。
5　何其芳：〈關於客觀主義的通信〉，《關於現實主義》（上海：上海文藝出版社，一九五九年），第一二二頁。
6　《大地的海》（上海：新文藝出版社，一九五七年），第一二四頁。

開麥拉，一下子pan到囚犯們在腳鐐的移動聲中向鐵背嶺出發的場景。——採用的技巧，顯然是屬於電影的。

除了電影手法外，端木有時也會利用舞台劇的技巧。在《科爾沁旗草原》中，端木讓讀者清楚看到大山的英雄形象，但在《大地的海》中，大山一直留在「幕後」。《日出》裏的金八，也沒有在幕前出現過。

端木蕻良根據直接形態所表現的，是一部時代意義強烈而在藝術上有真實表現的小說。在小說中貫徹的民族正義，不難看出他所作的努力——企圖使作品與時代脈搏合拍時所作的努力。與時代脈搏合拍，是「趨時」；但「趨時」不是使《大地的海》受到廣泛注意的主因。使《大地的海》受到廣泛注意的，是端木在作品中創造的文學語言。

老舍告訴我們：「文學是語言的藝術。」

在〈生活．語言．技巧〉（載一九六二年五月十六日《人民日報》）一文中，李英儒也認為：「一個優秀的文學家也必是優秀的語言家。」端木的文學語言，是從群眾中學習得來的，極具真實感，顯示他是一位優秀的語言家。這種成就，端木引以自傲，批評家也不能不加以讚美。巴人在評論《科爾沁旗草原》

時，說端木蕻良在「語言藝術創造」上，不但「超過了自有新文學以來的一切作品」，[7]而且「由於它，中國的新文學……確定了方言給予文學的新生命」。[8]這裏，必須舉出一個實例了：

「唉，我沒說嗎，像來頭，哼，像來頭還算好的呢，能比得咱們青年時候嗎？那時咱們是安分守己，聽天由命……如今他們是心頭有十二個眼，眉頭有十二個灣，還照着老牌支（照老法子去作）行嗎？……你不是進城去了嗎，那幫昏頭昏腦的傢伙們，一個一個像尖嘴貓兒似的，到處聞騷。遇着誰家有個大事小情的啦，不管認識不認識就趕來酵忙。抹了一嘴巴子油，給家裏還得捎個手中包。遇着個張三吃了李四的撇了，於是就像狗起群子似的劃地為界，扎草為營，撐起英雄好漢來……

7 巴人：《窄門集》，第一七二頁。

8 同上，第一七三頁。

專講吃香的喝辣的，走遍天下。一個光棍屁股後頭跟着三千六百個 ian 子（編按：疑指「跟屁蟲」）。狗馳尿，往上澆。腳往下踩，眼望上瞧……這一群魔鬼沒有一個正派的，專找邪門旁道。……你能說他們嗎，他們一不要錢，二不鬧鬼，作活比牛還累，吃東西比狗還不如，跑跑風也怪得他們嗎？……唉，兒女大了，有哪個一句嘴不拌的，一回臉不紅的……越是心直口快，越是孝子呢！」（《大地的海》頁七五—七六）

這種生動有力的語言，在三十年代的新文學作品中，是不大容易找到的，但在《大地的海》中，幾乎每一頁都有。這不是「技巧上的新花招」，這是創造。馬庫斯·堪利夫說「美國詩人對於約翰·其阿第所說的『捕捉美國的聲音』發生興趣」；我們的讀者對捕捉中國的聲音更感興趣。端木蕻良在《大地的海》與《科爾沁旗草原》中給我們的聲音，是非常中國的。遠在一九四六年，在一篇題作〈詩人和狼〉[9]的文章中，他主張作家應向老百姓吸收人民的語言。

……詩人的血液裏，普遍的缺乏一種東西——這種東西仍是屬於曠野、草莽、大海、強盜、狼、毒蛇、蠍子、野生的東西的。詩人們好像都是吃家畜的奶長大的，他們的語言都是有教養的斯文的思索的修飾的知識分子的。

這不是聳人聽聞的危言。事實上不但「中國詩歌缺乏一種野生的力量」，中國小說也有同樣的欠缺。像蕭軍這樣的小說家，因為不重視語言的藝術，只好接受劉西渭的揶揄。劉西渭說他在《八月的鄉村》裏，常以「讀書人的白話文章」作為人物的語言。

端木蕻良終究比蕭軍高明，懂得怎樣讓他的人物講他們自己的語言。用對話去表現人物的性格，說是技巧，其實是一種手段。老舍在一九六二年四月十日的《人民日報》上談「戲劇語言」時說過這麼一句：「對話是人物性格最好的說明書。」這句話的真實性，是無法否定的。沙汀能夠將邢么吵吵的性格

◇◇◇◇◇◇◇◇◇

9　重慶《詩歌月刊》，第三、四期合刊。

刻劃得這樣突出，主要是對話精彩。

在《大江》的後記裏，端木承認他「喜歡巴爾札克更甚於莎士比亞」。巴爾札克的對話寫得出色，人所共知。魯迅在〈看書瑣記〉中認為「中國還沒有那樣好手段的小說家，但《水滸》和《紅樓夢》的有些地方，是能使讀者由說話看出人來的」。端木是「紅樓夢迷」。在〈論懺悔貴族〉中，他說：「在很小的時候，就常常偷看父親皮箱裏藏的《紅樓夢》。」他的坦率的自白，使我們找到了問題的答案。我們必須認知的是：雖然沒有達到巴爾札克的水準，《大地的海》裏的對話，比起同時代的小說家，無疑已跨前一步。端木不但給他筆底下的人物以生命，也輸了不少血給孱弱的新文學。

作為一個小說家，企圖像亨利．詹姆斯那樣將自己完全關在作品外邊，是不容易做到的。端木寫《大地的海》時，即使不能十分客觀地敘述，最低限度已盡了最大的努力讓小說中的人物講他們自己的語言。這一點，大部分中國現代小說都沒有做到。周文的〈荒村〉寫的是閘北，閘北是上海的一個區，小說裏的人物對話，讀起來不像是上海人講的。端木則不同，他的〈吞蛇兒〉也以上海為背景，人物講的確是上海話。雖然端木寫上海話遠不及東北話生動、有力，有一點，倒是很明顯的：端木極不願意在小說中替他的人物講話。〈吞蛇兒〉中，臘味店老闆是廣東人，為了突出他的性格，端木讓他講了一句粗俗的廣東話。這種審慎的處理，使讀者對他塑造的形象都能獲得較為強烈的感知。方言不是寫小說的一種「必須」，像老舍這樣懂得運用語言的作家，也不得不承認《龍鬚溝》用了太多的方言；[10]不過，作為反映真實生活的手段，方言可以突出人物的性格、可以鮮明人物的形象，是無可否認的。即使蕭軍，在〈櫻花〉中，也用上海話去突出人物的性格了。方言土語，魯迅說：「於文學，很有益處的。」端木蕻良在《大地的海》中寫路百吉大老婆的嘴臉（頁一八一），如果「僅用泛泛的話頭」（魯迅語），當然不會這樣精彩了。

除了語言藝術的創造外，端木在《大地的海》中所表現的另一藝術特點，是文字。他的文字，雖然略嫌粗糙草率，卻是極具生動感的。儘管端木十分自謙，說他「寫的東西，並不是怎樣經得起推敲的文字」（頁二六四），在描寫場景時，

10　老舍：〈關於語言規範化〉，《全國青年文學創作者會議報告、發言集》（北京：中國青年出版社，一九五六年），第二六三頁。

所用語彙與詞藻，即使含有畫家用色時的衝動，也毫不矯揉造作。馬庫斯・堪利夫說E・E・甘明斯「好玩」；端木寫文章完全沒有將方塊字當作積木的意圖。「他的小說是為迎合時代需要而寫的。」——這句話，是何威斯為諾里斯辯護時說的。同樣的話，用以說明端木寫《大地的海》的動機，也沒有甚麼不對。端木寫的，都是真實的東西。那是一種通過藝術手腕表現的真，感染力極強。

風排山倒海的吹來，嗚嗚……完全是一個強者的惡戲，……風在樹尖上跳着，像個弄蛇人似的，在握住松樹兀曲的枝條拼命使松針號叫。（頁八二）

天色已經完全黑了。村盡處，狗發出被絞架絞着的女鬼一樣的慘號，使夜景平空添上了一種不祥的預感。（頁五一）

一道雪白的手電光射在她身上。她的純潔的肌肉罩上了一層銀霜，如同將新削的細藕微浸在三月的水裏。（頁二〇〇）

雪是白的，森林是黑的，大地是黑的，山是白的，北方的天是黑的。（頁二四五）

諸如此類，簡直是文字的畫，形象性突出，具有感人的藝術力量，極富文學意味。他的文字，充滿感情，一若吳組緗對臧克家的詩所下的評語：「筆尖上的感情幾乎要滴下來了。」

《大地的海》（新文藝版）的封面是一幅庸俗的圖畫，所畫大地，構圖笨拙，像極了小學生的剪貼，全無「海」的感覺，說它是公園的草地，更加貼切。章西厓的畫，經不起文字的挑戰。

這莊嚴的草原上，人工的筆觸，還不能塗抹去原始的洪荒。在這上面游行着的風，是比海上有着更多的自由的。白草沙沙的響着，單調的，破碎的，不安的隨着它盡情的搖蕩……（頁五）

一陣寒氣衝了進來，外邊便是大地的海，到處是黑黝黝的一片，甚麼都分不清。一片廣原的海，在眼前展開去，無極的展開去。

大地的海，在晨風裏顫抖着，一壠一壠的折成皺紋。波濤冉冉的洶湧着。（頁二一一）

端木蕻良用文字描寫的大地，使該書的封面設計人變成一個八流畫家。章西厓不能用顏色描繪大地的遼袤，而端木卻像魔術家似的使讀者從他的豐富的語彙中看到大地的廣漠，嗅到大地的氣息。端木寫景，別得其方，是長處，不是「累贅」。[11]

如果顏色是畫家的武器的話，華美的文字就是小說家的顏色。端木蕻良寫鶿鷺湖的霧夜，寫塞外的黑砂，寫科爾沁旗草原的風雨，寫「黑色的草原的怒海」（《大地的海》頁二六二），顯示文字能夠表現的，較之平凡畫家的作品邃密得多。端木寫景，縱逸多彩，同時代的作家，像巴金，像茅盾，像張天翼，甚至沈從文，在這方面都不及他。但是，他很自謙，要讀者原諒他的「文字的拙劣」。另一方面，卻認為「人們是慣於帶着吟咏的意味去推敲或句讀一篇文字的本身，反去忘記仔細看出那隱藏在文字底下的血腥的故事」。這種觀點，與師陀（即蘆焚）所採取的手法恰好成了對比。師陀的文字，精煉無雜質，可以讓讀者「帶着吟咏的意味去推敲」。端木雖然善於描寫，卻更重視作品內容的積極性；而「文筆優雅」的師陀，即使「技巧上還相當圓熟」，因為不肯將主題放在第一位，被王瑤認為「積極意義就很少了」。王瑤與端木一樣，也重視作品所具的社會意義。

劉西渭說夏衍寫《賽金花》時，「政治的怒濤在他的心頭洶湧」。作為一個「亡省奴」，端木蕻良寫《大地的海》時必定更激動。一九三六年，盧溝橋事變前一年，日本人欺凌我們，壓迫我們，侵吞我們的土地。那是全民要求抗日的時期。那是文學為群眾服務的時期。在這個時期中，作品不能表現愛國熱忱的，就不會受到讀者重視。胡風在批評〈鴜鷺湖的憂鬱〉時，特別強調「聽說小X到X京合作去了，就要出兵了」這一段對話，主要因為這段對話使作品符合了時代的要求。在那個時代裏，將張學良寫作「小張」是不被允許的；有時，連「南京」也必須寫成「X京」。這種委屈，是任何一位有愛國心的作者與讀者都不會容忍的。這種強壓，反而使抗日情緒高漲了。儘管連「抗日」兩個字也不被允許印在白紙上，我們卻更加仇恨掠奪我們大地的敵人。大地是我們的。我們愛大地。這種感情，與賽珍珠所了解的，略有不同。

賽珍珠的《大地》，寫人與土壤的故事。端木蕻良的《大地的海》，也寫人

11 王瑤說端木蕻良「太喜歡那種堆積詞藻的句子和所謂電影式的剪接手法了。結果常常使人物的性格不太顯明，而語句的豐富也有時便變成累贅了」。見《中國新文學史稿》下冊頁一三二。

與土壤的故事。這不是新鮮的題材。曼絲斐兒在評論 Knut Hamsun 的 *Growth of the Soil* 時指出：「人類企圖與大自然相處的題材是十分古老的。」古老，然而永恆，像愛情。農民與土地的關係，原極單純。唯其單純，即使第一流的小說家，也會用不同的表現手法去表現類似的觀點。賽珍珠在《大地》中說：

……從前某個時候，曾有男男女女的屍體被葬在這兒，有屋宇，現已湮滅，歸回土中了。所以，他們的屋子又不知何時要歸回土中了。（陳雙鈞譯：《大地》，頁三八。）

端木蕻良在《大地的海》的後記中說：

……「我就要跟着土去了，我在夜裏『吹土』。我就要回到土裏去！」（頁二六一）

在《大地》的結尾處，王龍對他的兒子們說：

「我們從土地來……我們必須回到土地去……」（陳雙鈞譯：《大地》，頁二六六。）

端木蕻良在《大地的海》的後記中寫他的外祖父：

……他來了，工作了，如今他去了，這就是他沒有例外的一生。他們都是這樣的。

所有農民都是這樣的。所有的農民都將自己的命運與土地聯結在一起。賽珍珠在《大地》中企圖表現的，與端木在《大地的海》中企圖表現的，是同一個觀點。不同的是：賽珍珠的《大地》出版於一九三一年三月二日。六個月之後，東四省被日軍侵佔。正因為這樣，王龍才會對他的兒子們說：「——如果你們守得住土地，你就能生存……沒有人能搶走你的土地……。」端木蕻良於一九三六年寫成的《大地的海》，主要表現奴隸們怎樣「用他們粗茁的力量討回」（頁二六〇）被搶去的土地。端木寫《大地的海》時的心情，與賽珍珠寫《大地》時的心情完全不同。

端木在哪一種心情下寫《大地的海》？問題的回答，可以從《時代文學》上找到。

《大地的海》作者在一篇文章〈土地的誓言〉裏說：

「土地是我的母親，我的每寸皮膚，都有着土粒，我的手掌一接近土地，我的心便平靜。我是土地的族系，我不能離開她。在故鄉的土地上，我印下我無數的腳印，在那田壠裏埋葬過我的歡笑，我在那稻棵上捉過蚱蜢，那沉重的鎬頭上有我的手印，我吃過我自己種的白菜，故鄉的土壤是香的，在春天，東風吹起的時候，土壤的香氣，便在四野漂起。……到秋天，銀線似的蛛絲，在牛角上掛着，糧車拉糧回來了，麻雀吃厭這個那個到處飛，禾稻的香氣是強烈的……多麼豐饒，多麼美麗，沒有人能忘記了她。神話似的豐饒，不可信的美麗，異教徒的魅惑。我必為它戰鬥到底。比拜倫為希臘更要熱情。」《大地的海》便是作者在這種心情之下寫出的一部長篇小說。[12]

雖然是廣告，也道出了真實。從廣告的引文中，可以知道端木寫《大地的海》基於一個動機：「為她（指土地）戰鬥到底。」賽珍珠寫《大地》，並無「拜倫為希臘的熱情」。賽珍珠寫這部小說付的時間並不長，[13]我們有理由相信：她在動筆之前是作過一番蒐集工作的——蒐集能夠使外國讀者覺得有趣的材料。然後以這些材料作為骨格，將情節當作磚頭，一塊一塊砌上去，砌成外牆，使其成為一幢外表美麗的房屋。端木蕻良則不同，寫《大地的海》，先有故事，以故事為骨格，將隨手可拈的材料，砌成外牆，使其成為一幢房屋，單看外表，分別不大；仔細觀察，不難看出其中的差別。端木的做法，是自然的；賽珍珠的做法並不自然。賽珍珠寫王龍到黃府去領阿蘭，遠不及端木寫艾老爹娶妻那樣真實、那樣生動、那樣感人。同樣引起了我們的好奇，端木並無賣野人頭的傾向。林語堂談論《大地》時，也不得不承認「中國人寫以中國為背景的小說，會比外國人寫

◇◇◇◇◇◇◇◇◇

12 一九四一年十一月一日出版的《時代文學》第五、第六號合刊上，有一則《大地的海》的廣告。《時代文學》由端木蕻良編輯，這廣告可能是端木自己擬的。

13 賽珍珠在 *My Several Worlds* 中說：「以三個月的時間寫成《大地》。」此語見該書第二八四頁。

得有深度」。[14]

賽珍珠寫《大地》，胡風認為：主要是描寫「農民對於土地的愛着」。衰老的王龍「仔細打量他將來要葬身的地方」（陳譯本，頁二六〇），就想到「永遠回到他自己的田地裏了」（陳譯本，頁二六〇）。端木寫《大地的海》，也描寫「農民對於土地的愛着」。不過，這不是主要的。衰老的艾老爹「立在一墳冢上，將手遮住眼，向大地望去，頓然的覺得身上輕快了許多」（頁四十四）。同樣衰老了，同樣見到葬身的地方，感受完全不同。艾老爹充滿新希望，唯恐「把土壓得太實成了」，「小苗拱不出土頭來」（頁四十五）。因此，當日本軍隊強佔他們的土地時，他們就英勇地站起來，「拿着槍桿在高粱林裏」（頁二六〇）。這，就是兩本書的主要不同處。賽珍珠寫「愛」；端木蕻良寫「恨」。

與《大地的海》有點近似的題材，駱賓基的《邊陲線上》更着重戰鬥場面的描述。駱賓基寫東北人民抗日時，以較少的篇幅描寫農民對土地的熱愛。「地都荒了，沒有人敢種。」——他在後記裏這樣說。他似乎有意將這種感情寫在另一部長篇《人與土地》中。說「似乎」，因為《人與土地》是一部未完成的作品。[15]

儘管《大地的海》與《邊陲線上》都是敘述東北人民反抗日本侵略者的，端木與駱賓基走的文學道路並不接近。無論性格、氣質與作風都有距離。這種距離使他們在文學史上各有千秋。王瑤說：駱賓基的「作風不同於端木蕻良的濃烈，而是一種溫雅清淡的筆調」。其實，在《邊陲線上》裏，駱賓基寫劉強性格的發展雖然相當細膩，寫戰鬥場面的筆調卻並不溫雅清淡。「這作品，」李輝英說：「應該獲有較之《八月的鄉村》和《生死場》更高的評價。」——這話，倒是可以接受的，雖然李輝英在他的《中國現代文學史》中將端木蕻良的成名作〈鷟鷟湖的憂鬱〉寫成〈鴛鴦湖的憂鬱〉！

同樣是反映東北人民抗日鬥爭的小說，端木在《大地的海》中所作的環境描寫，不但成功地襯托了故事發展過程中的氣氛，抑且加濃了地方色彩。地方色彩與氣氛雖然不是同一種東西，卻是互相依附的。端木在《大地的海》第十章寫來頭在大雨中聽到呼聲時所營造的氣氛，能使讀者在炎炎的夏午感到寒冷。

寫事態的表面，端木能夠寫得十分真實。王瑤說他喜歡用心理分析，顯示端

◇◇◇◇◇◇◇◇◇

14 亞薇：〈偉大作品與寫作路線〉，載一九七六年五月二日《中國時報》。

15 《人與土地》在端木蕻良編輯的《時代文學》連載，只刊了一部分，雜誌因太平洋戰爭爆發而停頓。

木並不滿足於單寫表面。佛洛伊德給他的影響雖不大，卻是有的。他不像茅盾那樣，將佛洛伊德心理學說視作「荒謬」。[16]巴人在評論《科爾沁旗草原》時，說他寫丁寧「對靈子的幻想」，是「一種弗洛特（即佛洛伊德）主義的體現」。[17]

在《大地的海》中，端木將「大地」喻作「人」（頁八十六）。這種技巧的運用，與穆時英在〈Craven "A"〉中將「人」喻作「大地」，竟是相同的。端木走的文學道路與穆時英走的文學道路有極大的距離，這種表現手法的相似，如果是偶合的話，只能視作大異中的小同。可是，收集在《風陵渡》中的〈三月夜曲〉，無論作風與技巧都與穆時英十分相似，將它收在《公墓》或《白金的女體塑像》中，絕不會令人感到突兀。穆時英與端木蕻良都是極有才華的小說家，表現縱有小同，思想卻大異。穆時英重視作品的藝術性；端木則認為「一個作家，必須要服從政治的發展，順從政治的號召來體認真實，那麼這歷史的新頁才能在他的筆底展開」。在這個基礎上，端木寫《大地的海》。

《大地的海》寫於抗日文藝運動發展到頂點的時候。「那時，擺在當前的重大事情，是如何反對日本帝國主義的侵略和如何鼓舞中國人民的鬥爭。」[18]戰鬥意志因此變成一種思想，為了求生而不怕死亡，便是這種現實形態所具的積極意義。文學形象裏邊總得包含些意義，而這些意義中，沒有比作家的思想更重要的了。端木蕻良寫《大地的海》之前就加入左聯，他的政治立場與在作品中表現的政治思想都很顯明。他曾經說過這樣的話：「使每個不甘滅亡的中國人，都喚起了『他的自覺』。」[19]因此，我們可以肯定：他寫《大地的海》時，也有這種目的。沈從文曾擔心文學受政治的分割，以致「表現真理」的作品變成「宣傳政策」的工具。幸虧政治意識相當強烈的端木蕻良，藝術良知未失。像《大地的海》這樣藝術性頗高的小說，既能深刻地表現時代精神，就不是單純的「政治點綴品」了。

一九七七年二月六日

◇◇◇◇◇◇◇◇◇◇

16 茅盾：〈夜讀偶記〉（三），載《文藝報》一九五八年第八期。
17 同注七，頁一六八。
18 《憎恨》（上海：新文藝出版社版）後記。
19 同注一。

評《新都花絮》

❖

很少人會將《新都花絮》視作政治小說的，但是，不將它視作政治小說，就不容易了解它所具有的意義以及作者寫書的動機。端木蕻良是位重視政治意識的小說家，抗日戰爭爆發前，寫小說不忘灌以抗日意識；抗日戰爭爆發後，也曾寫過一些抗日意識十分強烈的作品。當戰爭進入第三年的時候，他改變作風寫了《新都花絮》，為戰時重慶的上流社會畫了一幅諷刺畫。粗心的讀者大概不會注意到端木隱藏在愛情故事背後的政治抗議，其實端木決不會滿足於單純的愛情故事。端木在談論《茶花女》時，認定阿猛追求瑪格利特是一種革命，「是他對於貴族階級的一種政治抗議」。這種見解，說服力不強；不過，端木企圖發掘小仲馬的政治思想，是毋庸置疑的。《茶花女》在端木的理解中既然含有如此強烈的政治意義，端木自己的作品當然不會是一些繁雜的「花花絮絮」了。重慶中央圖書雜誌審查委員會於一九四〇年八月以「觸犯審查標準」為理由，下令《新都花絮》暫停發行，最低限度說明了一點：這本書是含有政治意義的。

寫《新都花絮》時，端木蕻良將他的筆當作長槍去刺戳，流露在字裏行間的諷刺意味，很容易看得出來。譬如說：戰時重慶的《新華日報》是常常「開天窗」的，端木就借書中人物說出這樣的話：

「恁的，你還沒印成鉛字就開了天窗了？」（頁一〇一）

或者，借書中人物刺一下達官顯人的老婆：

「討厭極了，她丈夫是X務委員會的副委員長……她還不知老之將至呢，到處賣弄風情！」（頁一〇〇）

或者，借書中人物刺一下執政當局：

「你看她多麼會省錢，一使兩用，孔院長沒請你去當經濟部長，真是可惜……」（頁三六）

或者，借書中人物刺一下社會名流：

「……你知道杜老板的太太甚麼宴會都不參加的，今天也來了，蘇大小姐，二小姐都來，真是繁華極了……」（頁六八）

諸如此類的例子，很多，不過，端木蕻良寫《新都花絮》的真正動機卻是到了香港之後講出來的。一九四八年，端木再一次來到香港，在「達德學院文學系的作家招待會」上，有些同學向他提出有關《新都花絮》的詢問時，他說出了戰時重慶歌樂山保育院的故事：

「保育院分兩派。」他說，「一派是擁今上夫人的正統派，一派就是我們這一派……在某次歡迎『媽媽』的會上，出現了兩條不同的標語。

一條是『蔣夫人——我們偉大的媽媽』，一條是『蔣夫人，我們要飯吃！』。」他幽默地笑了。接着說：「就因為這，他們後來説我有漢奸的嫌疑。大概我的罪過，就是要飯吃！至於我是不是漢奸，讓諸位去調查調查，研究研究！」在全堂哄笑中，他幽默地這麼結束了他的談話。（阿超：〈來港作家小記〉）

這是幽默？未必。端木蕻良雖然用這個故事逗引全堂的聽眾哄笑，動機卻是嚴肅的——與他寫作《新都花絮》的動機一樣嚴肅。《新都花絮》，根據他在「達德學院文學系的作家招待會」上所說的話，我們可以肯定地說：他是根據現實生活得到的經驗來寫的。他曾經在重慶歌樂山保育院做過事，《新都花絮》主要就是寫重慶歌樂山保育院的故事。《新都花絮》的故事相當簡單，大概是這樣的：

宓君是個「嬌寵痴慣了的孩兒」（頁九〇），「父親是安福系的重臣」（頁七四）。因為男友路給她的「痛苦永久不能在她心中消磨了去」（頁九二），「從天津坐船到香港，經香港飛到重慶的」（頁一一三）。「到了重慶之後……八妹提議讓她到山上的別莊來住。」（頁一一四）「面對着中華民族偉大的解放的戰爭，伊的感情是莊嚴的，伊很想做一個有用的公民。」（頁七二）她「加入到兒童保育院的工作群裏」（頁一二四），「孩子們送給她一個頂好聽的名字，叫『媽媽小姐』」（頁一三五）。「他常常鼓勵着小孩子們去遠足。」（頁一二七）「遠足的時候，宓君和梅先生就作他們的指導。」（頁一二七）「保育院裏有一個孩子，叫『小小』，他本是漢口街頭一個討飯的，被搶救難童的人把他搶救出來。」（頁一二八）「宓君對他起着一種憐憫的愛，就把他叫到自己的跟前來，對他好好的養護起來。」（頁一二九）宓君與梅之實相戀。小小臥病寬仁醫院後，梅之實說：「宓君，我們一定要去看看他！」（頁一九二）宓君不願去。她說：「……我對他已經付出去很多了，他也不過是個孤兒——」（頁一九三）「梅之實的臉色立刻白了……半天半天他才在嘴唇上很艱難的吐出幾個字：『我也是個孤——兒！』」（頁一九三）第二天，梅之實「就在人間隱沒了」（頁二〇〇）。「郊原上『小小』的墳頭的草已經很高了」（頁二〇〇）的時候，宓君對她的女朋友說：「我要到香港去！」（頁二〇一）

企圖辨識這個故事的政治意義，單看表面是得不到解答的。儘管它也「描述生活中落後、消極的事」，一如辭海對「諷刺文學」所作的解釋，它給讀者的印象也只是一些不大有力的小刺而已。不過，這些小刺，諸如嘲笑「有錢出錢」的口號時所說：「……甚至有些地方反而有『無錢者出錢，有錢者賺錢』的矛盾現象……」之類，居然也刺痛了一些人，使圖書雜誌審查委員會不得不加以取締。這一個決定，反而加強了《新都花絮》的政治性。端木蕻良一直主張：「文藝是政治的。」在談論「文藝的新生的問題」時，他說過這樣的話：

……今天我們承認文藝是有政治的意義是一點也不足為奇的，我們說文藝要為人民大眾服務，這是對的。

有了這種看法，即使沒有獲得預期的效果，端木寫《新都花絮》時企圖為政治服務，很容易看得出來。

端木蕻良寫《科爾沁旗草原》時，有着充分的信心。他相信他可以寫出一部像《紅樓夢》、像《歐也妮．葛朗台》那樣反映社會矛盾而藝術性較高的小說。那時候，他的年紀剛過二十。到了寫《新都花絮》的時候，他對政治的興趣似乎比文學更濃。他要文學為政治服務，不再像寫〈遙遠的風砂〉那樣要求作品具有文學的華美了。雖然《新都花絮》裏有些景物描寫，仍具「端木蕻良 touch」，可是，放在這本書裏，跡近浪費。

過分重視作品的政治意義，使端木蕻良將諷刺當作利器。端木寫小說雖有不少長處，卻不能算是一個長於諷刺的小說家。像《新都花絮》這樣的題材，交給張天翼來寫，也許可以寫得更接近理想。

問題是：端木為甚麼要寫這樣一部小說？

尋求這個問題的解答，必須對他的政治思想有所認識。端木蕻良曾經說過：「中國批評家對於政治的嗅覺是遲鈍的，他們不能把過去的作家的政治思想發掘出來。」換一句話說，要了解端木蕻良撰寫《新都花絮》的動機與目的，必先認識他的政治思想。《新都花絮》是在一九四〇年出版的，一九四一年四月二十二日端木在香港淺水之濱寫過一篇政論，題目叫做〈論人權運動〉。在這篇文章裏，有一段是這樣的：

在中國，要求人生來就平等，我們知道，這還得交給時間去作。我們現在只要頂起碼的允許我們活着的一點兒自由。因為我們是處在不能活下去的時代了。

在端木蕻良的心目中，他所處的並不是一般人公認的「大時代」，而是一個「不能活下去的時代」。

從他的數量並不多的論文中，我們知道：這個時期的端木蕻良顯然認為抨擊當局比抗日更重要。他曾經說過這樣的話：「我們中國一向是處在暴君統治的地位，我們不要閉着眼睛來說話……」因此，當他在戰時的重慶時，在戰時重慶歌樂山保育院做事時，他的眼睛睜得很大，將看到的東西寫在《新都花絮》裏。在《新都花絮》裏，他說了不少有刺的話語，企圖以一個平凡的愛情故事作為保護色，用隱藏的長槍去刺戳一些有權勢的人。端木筆底下的宓君，是個被「一種近於殘忍的感情支配着自己」（頁五二）的女人，與路的關係，顯示她不能把握自己的感情，傷了路的心，也傷了自己的。到了重慶後，她「義務的在兒童保育院裏工作」（頁一三三），對小小的愛，表現得很真，實際卻是將愛視作一件美麗的外衣。當她脫下這件美麗的外衣時，她再一次失去了愛。端木利用這個故事告訴他的讀者，不能真誠去愛的人，當然不能得到真誠的愛。更深一層的涵義是：不能愛民眾的，當然不會獲得民眾的愛戴。端木要我們去發掘作家的政治思想，我們讀《新都花絮》，就不能將它看得太單純。為了達致政治上的目的，端木寫《新都花絮》時的作風多少有些改變。這種改變雖然提高了作品的可讀性，卻沒有帶來更新的東西。表現手法是舊的，想要表現的東西也是舊的。他想寫一本作風不同的書；作風不同於過去所寫的長篇小說《科爾沁旗草原》與《大地的海》，抱着很大的希望去寫，竟寫了一本只有目的而無文學衝勁的書。讀過《新都花絮》之後，我立刻想到曼殊斐爾批評 *All Roads Lead To Calvary* 時講過的話：

……只是另外一部長篇小說。它沒有更多的東西；只是那一大堆長篇小說中的一部而已。

一九七六年七月廿二日

評〈渾河的急流〉

❖

繼〈鷥鷺湖的憂鬱〉、〈爺爺為甚麼不吃高粱米粥〉與〈遙遠的風砂〉之後，端木蕻良在《文學》第八卷第二期發表了〈渾河的急流〉。時間是一九三七年二月一日，距離「盧溝橋事變」只有五個月。

一九三六年，「國防文學」與「民族革命戰爭的大眾文學」兩個口號引起激烈的論爭。「中國文藝家協會」在成立宣言中說：「中華民族已到了生死存亡的關頭」；中國文藝工作者們在他們的宣言中也說：「民族危機達到了最後關頭」。端木蕻良在這個時期一連發表四個優秀的短篇，不但激發了廣大讀者群的抗日情緒，而且在全民救國運動中起了積極的作用。

端木蕻良是東北人。「九一八」事變後的情勢，使他在接受一個小說家對國家的責任時產生強烈的民族意識。

〈渾河的急流〉是一篇不長不短的小說，有兩萬三千字左右，稱作中篇，嫌短；稱作短篇，嫌長。它與茅盾的〈春蠶〉一樣，「不是嚴格意義的短篇小說」。字數雖多，卻無浮文贅詞，結構不但不鬆，且能保持應有的嚴密，所收效果，並不因字數較多而減低。〈渾河的急流〉就是這樣的一種短篇，有點像亨利．詹姆斯的短篇小說。

〈渾河的急流〉的故事是這樣的：

渾河左岸的樹叢子裏，有一個獵人，名叫叢老爺兒。由於日本人進貢的「皇妃」將於「十月一」「過門」，大肥豬（總管）限期二十五天，要獵戶們交出五百張狐皮。交不出，會被處死。叢老爺兒被派交三十張，因為湊不夠數，憂心似焚。他的女兒水芹子有個男朋友，名叫金聲，擅長拋刀，替叢老爺兒打了九隻狐狸，不但湊夠數目，還多出一隻。叢老爺兒雖然湊夠了數，其餘的獵戶卻湊不齊。一百二十家獵戶一致決議：拒交狐皮，對所謂「採辦專員」加以自衛抵抗。為了「讓那些王八蛋們看看我們窮山梗子們的力量」，白鹿林子的男人們都去抗敵了。叢老爺兒也拿着槍走了。金聲走來向水芹子告別，上馬之前將擲了十年的刀子交給水芹子。金聲的馬蹄聲遠去時，水芹子向母親要槍。

故事雖然簡單，字數卻多，有許多文字是用來描寫風景的。對風景的描寫，原是端木蕻良的特長。在短篇小說中，對景色作細膩的描述，不但不成累贅，還能起了烘托的作用，是端木的成功處。當他寫《科爾沁旗草原》時，他的筆顯然感到了「雄心」的重量，馱負得有點吃力；當他寫〈渾河的急流〉時，行文流暢，寫來如有神助，絲毫沒有造作。

能夠激起讀者的感情的，就是好作品。〈渾河的急流〉之所以能夠成為優秀的短篇，主要因為能夠使讀者產生強烈的反應。作為一個小說家，端木蕻良的組織力相當強。他懂得怎樣用文字去控制讀者的情緒，在需要激怒讀者時激怒讀者。J·康拉德曾經說過這樣的話：「小說——作為一種藝術——應該刺激性情。」如果你在一九三七年閱讀〈渾河的急流〉，你一定會承認：端木蕻良已達到刺激性情的目的。〈渾河的急流〉之所以應該受到較高評價，這是主要理由。

在〈渾河的急流〉中，端木蕻良刻劃了一個可愛而又可敬的小人物：水芹子。她懂得愛，也懂得憎，不但性格倔強，而且能夠辨是非。在受到欺壓時，肯下決心「用血把渾河的水澄清了的」。這是〈渾河的急流〉的「英雄」。

在《大地的海》後記中，端木蕻良說：「在寫〈渾河的急流〉的時候，我紀念着我已死的妹妹……」由於我們對他的妹妹知道得很少，無法證明端木筆底下的水芹子就是他的妹妹或者不是他的妹妹。我們只能假定：水芹子的靈魂是他妹妹的；或者，他妹妹具有水芹子的氣質；或者，一若丁寧之於端木，水芹子的血管裏也流着他妹妹的血液。

在《科爾沁前史》中，端木曾提到他的妹妹：

……他雖然和我年紀相差很大，但他不叫我的學名，叫我四先生，叫我妹妹作小妹妹。

此外，還有這麼一段：

我開初也叫他大祥哥，但是後來看他天天「扔坑」而且對我們並不親熱，我就和妹妹商量，送給他一很奇怪的名字，叫「小大頭」。小大合起來，是個尖字，就是尖頭的意思，這個外號不太流行，只有我和小妹妹這樣叫他，……

這幾句簡短的敘述，對我們也沒有甚麼幫助。我們無法從這段敘述中看出端木的妹妹與水芹子有甚麼關連。

《科爾沁旗草原》第六章，有這麼幾句：

再遠一點，在那桃花的下面，兩個大的墓基的四邊是一個乳白色的石頭，刻着「妹妹荊針之墓」幾個字。……

「丁寧想着過去的妹妹」，端木蕻良這樣寫。

此外，他這樣描繪馬蓮花：

……也許她現在正在想着她那過去的野生的美麗的生活吧，在那散牧着乳羊的草地上，牧羊女的韌性的嘴唇，吹在她的花瓣上，五月的天氣裏，任着那相思的音響，大膽地低迴罷！……那時候，她是草原之后呵！……

為甚麼將馬蓮花與「過去的妹妹」聯想在一起，丁寧（其實是端木蕻良）一定有他的理由。我們必須記得的是：端木在《草原》的後記中說過：「丁寧自然不是我自己。」不過，水芹子過的正是「野生的美麗的生活」。在〈渾河的急流〉中，水芹子剛「亮相」，端木蕻良用極其簡潔的手法將她的個性勾劃出來：

水芹子一手挾着一個大倭瓜，兜裏還兜着一大兜山落紅。小燕飛兒似的跑來了。

三言兩語，就畫出了一個生動的形象。然後，端木蕻良這樣寫：

「媽媽……金聲哥哥的刀拋得真好……媽媽，他能在一棵大榆樹上，拋成這樣的，媽，是這樣的……」伊蘸着飯湯在桌子上寫了「小口木」的字樣。

媽媽瞇縫着眼，懷着好奇心移近來看，看不出到底是些甚麼怪樣子。

「然後……媽媽……他颼的，用左手，颼的，一齊又拋出了三把刀，在四框裏加一點，在木字上加一杠……媽，你不信，真的……」

在這一段簡短的敘述中，端木蕻良不但將水芹子的個性清楚地刻劃出來，還說出了她與金聲的關係，以及通過金聲的反日情緒讓我們知道「九一八」事變後的東北人民的心情。〈渾河的急流〉是在一九三七年二月一日發表的。那時候，抗日戰爭還沒有爆發。當局還下不了禦侮的決心。作家們寫抗日的文章，必須用「X」來代替「日」字。文章中有反日意識的，必須寫得含蓄些。甚至像《文藝界同人為團結禦侮與言論自由宣言》這樣重要的文件，文內抗「日」的「日」字，也全部用「X」來代替。在這種情況下，端木蕻良用金聲拋刀的技巧來表達反日意識，構思之巧妙，是細心的讀者不能不感到驚詫的。

〈渾河的急流〉能夠這樣感動讀者，正因為端木蕻良將紀念亡妹的那一份真切感情寫進小說了。

儘管端木蕻良寫〈渾河的急流〉的目的非常顯明，它所含有的宣傳成分並沒有損害它的藝術性。為了產生一個可以令人感動的結局，端木一開始就用了華麗的詞藻去描繪白鹿林子的「溫柔的靜穆」：「叢老爺兒的小木板房是靜靜的，只有一兩匹青蠅，在懶懶地嚶嚶……狗兒按照氣節的邀請，會情人去了。」

他還這樣寫：

渾河的水是渾的，唱着憂鬱的歌子。可是在月光下，它也被誘惑了。紅砂石的河岸，黃土河床，白茫茫一片水花，微綠的霧露，籠罩着北國的高爽空曠，長空裏流洩出一片霜華……何等的迷人呵，何等的夜呵。

就在這似詩似畫的環境中，端木蕻良寫出了一個血腥的故事。唯其似詩似畫，才能更有力地顯出獵戶們抵抗日本人的侵略是必須的。於是，男的挾了槍、跳上馬去死拼；女的「將刀子熱切地塞在懷裏」。讀者的情緒隨着故事的結束，沸騰似滾水。

雖然不是〈項鏈〉式的驚奇結尾，卻一樣有力。

O．海密頓說：「愛倫坡決定寫寫景小說時，就在小說的開頭寫風景；決定寫動作小說時，就在小說的開頭寫動作。」〈渾河的急流〉大體上可以視作動作小說，可是它的作者竟一開頭就寫風景。這種藝術技巧，似乎是越出規範的，卻更有效地激起讀者的情緒，如果端木寫這篇小說的第一要求是激起讀者的反日情緒，他已獲得成功。

〈渾河的急流〉有一個勇敢的主題，不容易處理，卻處理得很好。作者為這篇小說所加的地方色彩，很濃，大大地增強了故事的真實感。端木蕻良不但長於描寫，抑且精於選擇。當他選擇題材時，必不甘於庸俗。〈遙遠的風砂〉的題材，是一九三六年前沒有人觸及的，〈渾河的急流〉以東北獵戶的生活為題材，也能令人感到新鮮。叢老爺兒桊「壓拍子」的生動描寫，使小說益具特異性。「壓拍子」，據端木在〈渾河的急流〉中所作的注解，是「一種打狐狸的工具」。

在《科爾沁前史》第九節中，有這麼一段：

> 他也能壓拍子，他常常在雪天到荒地的野墳邊上去下壓拍子，打了狐狸或者黃皮子來賣錢。

這幾句話，使我們獲得一個結論：端木蕻良從現實生活中擷取題材，使他的作品具有強烈的感染力。

說〈渾河的急流〉具有強烈的感染力，絕不誇張。這篇小說發表於抗戰前夕，正是反日情緒似潮澎湃的時候。日本欺凌中國、壓迫中國，壓得忍尤含垢的中國人幾乎連氣也透不轉。中國人為了維護國家的獨立，為了維護民族的尊嚴，奮起抗戰是唯一的道路，再也沒有第二個選擇。只要是良知未泯的中國作家，不論站在甚麼立場，都有責任為自己的國家撰寫激勵民心的作品。事實上，那時候的讀者就有一個共同的要求：要求作家撰寫以反日為題材的作品。〈渾河的急流〉發表於反日情緒到了頂點的時候，因為題材現實，獲致了顯著的效果，說明作者已成功地將自己的感情，通過藝術技巧傳遞與讀者，激起讀者的憤怒。這，就是〈渾河的急流〉的成功處，也是每一個有理性的批評者不應忽視的事實。那時候，我們需要這樣的作品。

不管端木蕻良基於單純的愛國心抑或為了達致某種目的而寫這篇小說，他企圖為一個崇高的理想服務，是很容易看得出來的。那時候，大部分作者在寫作時都不能保持冷靜。許多作品，因為作者過分激動，企圖將感情傳遞與讀者時，幾乎忘卻了藝術技巧的重要性。端木蕻良則不同。雖然處在那個動亂的時代，寫小說，仍能技巧地表現他的寫作藝術。沒有這份冷靜，他的作品就不會高出同時代小說家的水平。

在國家受到欺凌時，他用小說作為一種工具去傳達反日情緒，因此受到廣泛的注意。在最初發表的四個短篇中，〈渾河的急流〉的抗日意識最強烈。它不但達致了預期的效果，而且具有深刻的時代意義。不了解它所具有的時代意義，就不能正確地衡量它的價值。

〈渾河的急流〉發表的時候，中國還沒有奮起抗戰，但是，端木小說裏的人物：水芹子、金聲、叢老爺兒、李嫩、楊三槍他們已經在與日本作戰了。

一九七六年二月二十八日

第二輯

大山：端木蕻良塑造的英雄形象

❖

【一】

《科爾沁旗草原》有一個重要的人物，名叫「大山」。

《科爾沁前史》有一個重要的人物，名叫「大祥哥」。

❖

【二】

大山是丁寧的表哥。

大祥哥是端木蕻良的表哥。

根據這一點，我相信：端木蕻良寫大山時，是以大祥哥做模特兒的。大祥哥是大山的原型。

❖

【三】

大祥哥雖然是大山的原型：小說中的大山，依照巴人的說法，是端木蕻良「理想中所代表的人物，用來批評丁寧的」（《窄門集》頁一六四）。他是一個農民，一個英雄，一個偶像。《科爾沁前史》中的大祥哥則是一個平凡的廚子。

❖

【四】

《科爾沁前史》中的大祥哥，是端木蕻良大舅的兒子，曾經「跑到江北打草窩棚去打草」。

《科爾沁旗草原》第四章一開頭便是：「……大山已經長大成人，背井離鄉，在江北開荒打草。」住的也是一架窩棚。

❖

【五】

在〈初吻〉中，大祥哥帶端木蕻良「到大地裏去玩」，騎馬，打槍。

在《科爾沁前史》中大祥哥教端木蕻良放快槍。

在《科爾沁旗草原》中，大山將丁寧綁在大樹上，打了三槍，故意不射中他。

❖

【六】

大山姓黃。《科爾沁旗草原》第三〇一頁有這麼一段：

「這個奶奶我可沒有見過，從前那個奶奶，是黃大爺的姑娘——可不是我這黃大爺，是鴜鷺湖的那個，大山的爺爺……我見過，模樣兒標致，心思忒靈，長的像靈精似的——那真是！」

根據這一段，我們知道，丁寧的母親，模樣兒標致。

《科爾沁前史》第六節中有這麼兩句：

「我的母親本來是我太爺的佃戶家的女兒，因為長得好看……」

根據這兩句，我們知道端木蕻良的母親，長得好看。

端木蕻良的母親姓黃。丁寧的母親姓黃。大山姓黃。大祥哥姓黃。

❖

〔七〕

《科爾沁旗草原》的主角是丁寧。但在端木蕻良的心目中，丁寧不是一個理想英雄。他的理想英雄是大山。

大山與丁寧是對立的。丁寧代表地主的沒落；大山代表群眾的力量。這力量來自草原，必可支配草原。端木蕻良不願將希望寄存在丁寧身上，卻將希望寄存在大山身上。《科爾沁旗草原》的結尾是「晨光與黑雲搏鬥」的時候，大山忽然出現了，「黑絨鑲邊的大眼，向東方的啟明星看着」。

端木蕻良懂得憎恨，在他筆底下的大山也懂得憎恨。憎恨孕育勇氣，勇氣培養力量。端木蕻良愛大山，因為大山與丁寧不同。丁寧是「行動的侏儒」；大山是「行動的巨人」。

大山是象徵。

大山是希望。

大山是理想。

大山是力量。

大山不是《科爾沁旗草原》的主角。端木蕻良在《科爾沁旗草原》中費了許多筆墨去描寫「行動的侏儒」，使讀者對大山只留下一個概念。

❖

【八】

因此，在《大地的海》中，大山又出現了。當人們被壓得連氣也透不轉的時候，他們與端木蕻良一樣將希望寄存在大山身上。

《大地的海》第一一一頁，有這樣的對白：

「年兒他大爺，一直就沒往家寄信回來……」

「聽説他們不是在大山那一幫嗎？」

《大地的海》第一一六頁，有這樣一段：

豆梗兒走進屋來，謙讓着，只說：

「今天站上來人說大山又佔了孫家台呢，這回得了不少子彈！」

《大地的海》第一三六頁，端木蕻良這樣寫：

「人家說大山哥哥在義勇軍裏『熬』上司令了呢……挖壞了道木，燒了兩列車……爹……我也要去了！」

這就是巨人的行動。端木蕻良的心目中，大山是「行動的巨人」。悲苦的奴隸們如果還有希望的話，那希望就是大山。

❖

〔九〕

《大地的海》並不是《科爾沁旗草原》的續篇。雖然「寫的都是一些關於土壞的故事」（《大地的海》頁二五九），「在人物上並無串聯」（《大地的海》頁二六三），但是，大山在兩部小說中都出現。在《大地的海》中，大山只是一個幕後人物，沒有走到前台來。雖然仍是一個象徵、一個希望、一個理想、一股力量，給讀者留下的概念卻不清楚。

❖

【十】

端木打算為大山寫一部長篇小說，可惜沒有寫成。這部長篇的題目是：《龍門鎖的風砂》。

在〈記孫殿英〉一文中，他說：

……本來參加的動機是為了抗日去的，而回來時候卻作了寫故事的回憶。本來想寫一個長篇，但在〈遙遠的風砂〉裏，只記下一節而已。

（《七月》第一期）

「龍門鎖」是怎樣的一個地方？

「這就叫，龍門鎖！你看這勢派！」賈宜追上我，向我解説。「這是壽桃山，山上是吳王夫差的點將台（這是錯的，吳王不能到此來點將）。下邊是捨身崖，從前有一個孝女為了祈母不死，自願替死，在此『捨身』……削壁上有昌平侯楊洪寫的大字，『四方屏障』，『五路咽喉』，一個字都有一畝田大！」……（《憎恨》頁五二）

端木蕻良選擇這樣一個背景去敘述大山的發展過程，不會沒有理由。像大山這樣的理想英雄，需要特殊的背景去突出他的性格。利用特殊環境去突出人物的性格，是小說藝術的一種手段。

❖

【十二】

在塑造這個理想英雄的形象時，端木蕻良並不直接採用原型的姓名，保留了「黃」，保留了「大」字，卻以「山」字取代「祥」字。端木蕻良是個很喜歡「大」字的作家，在五部長篇小說中，三部的題目都有「大」字：《大地的海》、《大江》、《大時代》。

將「祥」字改成「山」字，可以追尋的理由，至少有兩個：（一）以「山」作為英雄人物的象徵，隱喻這個人物的功業可以與山並傳。（二）端木小時候，曾將大祥喚作「黃海」（見《科爾沁前史》第九節）。寫小說時，將「海」字改作「山」字，含有山高水長的意思。

【十二】

在《科爾沁旗草原》中，大山與丁寧對立而與佃戶們站在一起；在《大地的海》中，大山是義勇軍的領袖，反抗侵略者的統治，成為被壓迫者的希望。但在現實生活中，大祥是怎樣一個人物？

端木蕻良的〈初吻〉（《文學創作》第一卷第一期）中，有一段是關於大祥的：

> 我回到家裏正是大秋天，我和我的大表哥——大祥哥天天到大地裏去玩。我從來沒有接近這大地，現在真是心花怒放……覺得甚麼都是好的，甚麼都是新奇的。

不過，更清楚的說明，是《科爾沁前史》第九節。這一節，是完全寫大祥的。根據端木的敘述，我們知道：大祥曾在曹家做過廚子兼做炸手，會打鳥，會滑冰，會拉弓，會打繩鎖，而且還會糊風箏。此外，他還玩沙子口袋，練槍，到荒地去打狐狸。

端木蕻良給這樣一個人物以強烈的正義感、堅定的意志、百折不撓的勇氣，使其成為反抗力量的代表：大山。大山領導草原的群眾去保衛自己的權益，與大祥是不同的。

在〈初吻〉或《科爾沁前史》中，端木在記錄大祥；在《科爾沁旗草原》或《大地的海》中，端木在塑造一個英雄的形象。這一點，E．M．福斯特講得最清楚：「回憶錄是歷史，根據事實。小說則根據事實加或減X，這個X就是小說家的氣質，具有增刪事實的功效，有時甚至完全加以改變。」（*Aspects of the Novel*, p.44.）

一九七六年四月二十日

馬七與小精

端木蕻良在《科爾沁旗草原》後記中說：《草原》「是以科爾沁旗的首戶丁家為模型而寫的」。但是，讀過《科爾沁前史》後，我不能不懷疑：所謂「丁家」就是小說化的「曹家」；小說中的「丁家」只是一種藝術形象。為了說明這一點，我願意舉出一個顯明的例子：

《科爾沁旗草原》中，有一個無足輕重的人物，名叫「馬七」，是小爺的跟班。小爺逃亡時，別的「跟人」，都已經無影無蹤。唯有這一個平日並不得臉的馬七，還像影子似的左右不離」。[1] 這忠心的跟班，在逃亡時中彈身亡。端木蕻良

1《科爾沁旗草原》，作家版（一九五六年十一月），第八〇頁。

對這個可憐蟲既無同情，也不憐憫；勾劃他的奴才相，只用三十八個字：

> ……連忙站在一旁，嘴裏閉住一口氣，端起肩膀來，擺出一副上等的奴才架式來，恭候着小爺的吩咐。[2]

生動的形象，令人相信這是端木概括了一般奴才的共相塑造出來的人物。然而，事實證明這想法並不對。端木並沒有給馬七以生命。馬七只是「現實人物的再現」。[3]他是端木蕻良的父親的貼身跟班，因為「好阿諛殷勤，所以又叫他作馬七賤」。[4]換句話說：他是一個真實的人物。端木蕻良在《草原》中，只為他畫了一幅素描。

小說家企圖以「真實的經驗」作為偽裝去取信於讀者，是早期西方長篇作者的寫作技巧。笛福用過，司各特也用過。端木蕻良當然無意將「真實的經驗」作為偽裝的。他之所以將真實的人物寫在小說裏，誠如J．H．柯亨對契訶夫所作的批評：「他不用小說家的方法，用的是敏銳觀察家的方法。」對於曹家的人與事，端木的觀察是極其敏銳的。唯其敏銳，在陷於「忘我之境」時，將部分

「真人實事」寫進小說，並不加工。作為一種藝術方式，小說與傳記是不同的。即使自傳體小說，也不應該單純地將真實的經驗寫在白紙上。「單是將真實的經驗寫在白紙上，不能成為藝術。」——這是W．福克納講過的話。[5]

端木一定也知道將真事如實地寫在小說中，並不等於「寫實」。因此，寫小精時，就採用不同的手法。小精，與馬七一樣，在《科爾沁旗草原》中，也是一個不重要的人物。她是「看墳馬成的女兒」；「一向是和三爺靠着」，曾經要求三爺「收」她，因為她們「老少給丁家看三輩子墳塋」。三爺，在《科爾沁旗草原》中，依照巴人的說法，是一個西門慶式的人物。

在現實生活中，小精究竟是怎樣一個人物？

這個問題，《科爾沁前史》第六節有明確的解答。端木蕻良這樣寫：

2 同上，第六十六頁。
3 此語引自胡風《民族戰爭與文藝性格》，第一二四頁。
4 《科爾沁前史》，第六節。
5 W. Faulkner, Review of *The Road Back*, by E. M. Remarque.

……我父親又要娶小老婆，那姑娘名字叫「小精」，長得很漂亮，我母親在小時見過她的。我父親天天讓馬老七向她家送綢緞布匹，金銀首飾，並且送給她三千塊錢作體己。

我母親一想這一輩子也完了，所以大哭了一陣之後，把孩子託了姑姥姥在家裏看照，便自己闖到小精家裏去。

那時那位十七歲的姑娘正坐在炕上作自己陪嫁的衣裳。

我母親一把手從她手裏把衣服奪下摔在地上說：「就是你這不知羞恥的想作人家的小老婆嗎？」我母親便和她撕扭起來，那姑娘躲到後屋去了。……

在《科爾沁前史》中，小精是他父親想「收」的姑娘；在《科爾沁旗草原》中，小精卻希望三爺「收」她做「小」。我不相信《科爾沁旗草原》中的小精是以另外一個同名姑娘作模特兒的。

如果端木願意的話，將馬七寫成三爺或太爺的跟班，絕對不成問題。不這樣做，因為沒有這樣做的必要。將父親心愛的姑娘寫作三爺心愛的姑娘，動機可能是：藉此突出三爺的性格。在現實基礎上予以藝術加工，可以使塑造出來的形象更完整更具體。寫現實，並非影印現實。不過，將真人實事插入小說，沒有藝術加工，即使效果不如理想，也不至於形成對立。

Lucien Miller給《紅樓夢》戴了面具，並加以研究。[6]如果《科爾沁旗草原》也戴面具的話，單以馬七與小精為證，就可以知道這面具是透明的。

一九七六年二月七日

◇◇◇◇◇◇◇◇◇

6 Lucien Miller寫了一本書，題作《紅樓夢所戴的面具》（The University Arizona Press）。

西洋文學對端木蕻良的影響

❖

端木蕻良在《時代文學》發表的長篇小說《大時代》，副題是：「人間傳奇第五部」，顯示他不但有一套規模較大的寫作計劃，而且有了巴爾札克式的雄心。雄心雖大，氣魄卻小。巴爾札克的《人間喜劇》包括九十七部小說，而端木蕻良的《人間傳奇》，於《大時代》之後就沒有更重要的作品了。

在《大江》的後記中，端木承認「喜歡巴爾札克更甚於莎士比亞」。巴爾札克描寫景物，是通過顯微鏡的；端木描寫景物也有類似的細膩。端木喜歡細微，寫《科爾沁旗草原》、寫《大地的海》、寫《大江》都能像巴爾札克那樣，「非常之細微的描寫他的英雄所處的條件，以及他所以行動的條件」。[1] 葛朗台老頭是全城的首富；丁家則是科爾沁旗的首戶。巴爾札克通過葛朗台，寫出了金錢支配家庭關係的實況；端木蕻良通過科爾沁旗大財主，刻劃了土豪利用金錢成為統治層去支配一切的過程。兩者之間，自有其相似之處。

說端木蕻良蓄意摹擬巴爾札克，則需要更有力的例證。事實上，端木蕻良在作品中承受巴爾札克的影響並不強烈。他的小說，有些地方染有高爾基早期作品中的浪漫主義色彩，倒是相當顯著的。如果我們肯仔細比較一下的話，有些有趣的相似，值得一提。高爾基的文學語言十分真實，端木的文學語言則是生動的口語。高爾基的《阿爾達莫諾夫家的事業》，寫資產階級家庭三代的歷史；端木蕻良的《科爾沁旗草原》，寫東北大地主的成長史。高爾基寫自傳體三部曲《童年》、《在人間》、《我的大學》，端木蕻良寫自傳體的《科爾沁前史》、〈初吻〉、〈早春〉。高爾基熱愛外祖母，端木蕻良熱愛外祖父。高爾基的外祖母是個女農奴的女兒，端木蕻良的母親是他太爺的佃戶家的女兒。

端木蕻良沒有說過喜歡高爾基，只是不滿他「對杜斯退益夫斯基所作的呵斥」。這不能證明他不喜歡高爾基。在抗戰期間舉行的一次座談會上，他曾提到

1 《大江》，第二四八頁。

列寧對高爾基的意見。此外，他也曾要求「批評家肯下一番工夫來說明那作品的藝術性與時代性」。[2]這要求，當然是合理的。我們不會忘記：端木蕻良重要作品問世的時代，正是高爾基作品在中國引起廣泛注意的時代。

雖然如此，端木蕻良卻勸別人「向托爾斯泰來學習，不要向屠格涅夫來學習。向巴爾札克來學習，不要向紀得來學習」。[3]他沒有提到高爾基。他「是十分的謳歌托爾斯泰式和巴爾札克式的宏闊的」。[4]因此，他給自己的小說起一個總名：《人間傳奇》，與《人間喜劇》有類似的含義。

另一方面，他又堅持：「將人類從命運裏拯救出來而另外交給一種『情慾』，任它去支配，在時代進展到現在的當兒已經不夠來說明人類的活動了。」[5]他曾經記下對巴爾札克的抗議。

端木蕻良堅持這一觀點，是有理由的。他曾經不止一次強調自己的看法。在《大江》的後記裏，他說：

> 我以為把一個人的一生無條件的交給一種情慾去受無限的統治，這種描寫也——必然的要受抗議……

在〈文學的寬度，深度和強度〉一文中，他說：

> 在很久已（以）前我曾在自己的冊子上記下對巴爾札克的抗議。

在《大江》的後記裏，他說：

> 我寫的是一種要求。甚麼是要求呢？比如說：對於飢餓，慾望只化成對麵包的樂趣。由於愛情的脫節，而引起歇斯底里的瘋狂，這些都是。要求也者，是和人類的食饞的渴望可以相比擬的。

在〈文學的寬度，深度和強度〉一文中，他說：

2 同上，第二五三頁。

3 端木蕻良：〈文學的寬度，深度和強度〉，載《七月》第五期。

4 同注三。

5 同注三。

我想寫出的則是一種要求，我以為把一個人的一生無條件的只交給一種情慾去受無限制的支配與虐待，這種描寫必然的要遭受變更。

在《大江》的後記中，他說：

我以為要求的內容，就是滿足其生活的意志。所謂意志的限定是從最初的本能到最高的求生權，那等差則由依附他的社會距離來決定它。中國對於生活平庸的要求，由於農業社會生產手段的低落，和歷代統治者所散播的安貧樂賤的道德觀，人們對於起碼生活以上的要求，便算是罪惡。

在〈文學的寬度，深度和強度〉一文中，他說：

我以為要求也者，就是滿足其生活的意思。所謂滿足的限度是從低級的本能作用到高級的生活享用，那等差則由於他所佔據的社會的地位來決定。中國對於生活的平庸的要求，由於農業社會的生產手段的低落，統治階級的一貫的宣傳，鎮壓，和人們對於水平線以下的生活的苟且和保守（以為突破這個限度是罪惡，）……

相同的意見，一說再說，顯示端木蕻良對自己的看法有充分的信心。儘管「喜歡巴爾札克更甚於莎士比亞」、儘管「十分的謳歌托爾斯泰式和巴爾札克式的宏闊」、儘管大聲疾呼勸別人學習托爾斯泰與巴爾札克，在他的心目中，巴爾札克仍不是完美的。巴爾札克寫「情慾」；端木蕻良主張寫「要求」。端木認為寫人類對人生的要求，比寫人類成為「某種情慾的玩具」更重要。他甚至明確地說：「要求的內容，就是滿足其生活的意志。」根據這一點，他寫了《大江》、《大地的海》、《科爾沁旗草原》……

對於托爾斯泰，端木是很尊重的，除了「有時會嫌他粗俗」之外，認定他的作品能夠「滲透了生命的根源」，所以有別於福樓拜。換句話說：端木雖然喜歡巴爾札克，卻更喜歡托爾斯泰。他是一個 Tolstoyan。

巴人說：「莎士比亞的華麗＋拜倫的奔放＋道斯托以夫斯基的顫鳴＝直立起

來的《科爾沁旗草原》——一種印象的現實主義作品。」[6]

端木寫水水，以拜倫的熱情；寫農民的反抗，就不止是杜斯退益夫斯基（巴人譯作「道斯托以夫斯基」）的「顫鳴」了。《死屋手記》寫出了統治者的殘酷，寫出了人民的疾苦；《科爾沁旗草原》寫出了大地主欺壓佃戶，寫出了地戶們的痛苦。儘管《科爾沁旗草原》中也有太多的「被侮辱與被損害的」，但是，端木蕻良承受托爾斯泰的影響似乎更強烈。丁寧與環境的搏鬥，令人想起《童年》、《少年》與《青年》。《科爾沁旗草原》中，農民與大地主的對立，令人想起〈地主的早晨〉。此外，端木對南科留道夫的同情，正因為他也曾為了自己的錯誤接受過良知的譴責。《草原》第十九章，靈子曾檢出那本丁寧看了入迷的《復活》，「想知道丁寧從這些書裏看到一些甚麼來」。其實，更重要的問題是：端木在《復活》中看到一些甚麼？

端木蕻良深刻地描寫了東北大地主怎樣利用商業資本收買土地；怎樣欺壓農民，怎樣剝削佃戶；怎樣利用迷信去鞏固統治土地的權柄……通過這些事情，他反映了東北大地主大家族的成長以及他們與農民的敵對。這與托爾斯泰在《安娜·卡列尼娜》中所描寫的地主與農民的矛盾，有些近似——雖然端木蕻良在

《科爾沁前史》中曾經提過：東北佃戶與俄國農奴也有不同之處。

在分析端木的風格時，巴人擬的那個公式，頗有商榷的餘地。

一九七六年二月八日

◇◇◇◇◇◇◇◇◇◇◇◇

6 巴人：〈直立起來的科爾沁旗草原〉。

端木蕻良看《紅樓夢》

❖

寫《科爾沁旗草原》時，除了主要人物丁寧外，端木蕻良為甚麼還要加一個大山？

對這個問題，王任叔有兩個答案：（一）端木用大山來批評丁寧（《窄門集》頁一六四）。（二）端木「把丁府的第四代——新的一代的主人公丁寧寫出時，用大山這一個有點血統關係然而是佃戶之子，來作補充」（〈形象的對立，對照與補充〉）。

對照與補充，是寫小說的技巧——許多文學名著中都可以找到例子顯示它們的作者用這種技巧去突出主要人物的性格。端木筆底下的丁寧，自稱「思想的巨人，行動的侏儒」（《科爾沁旗草原》頁一七九）。端木為了批判他的缺點，為了補充他的不足，「補寫了一個完全的性格」，一個行動的巨人，作為對照。所採手法，與曹雪芹在《紅樓夢》中所採用的，頗為相似。端木曾經說過：曹雪芹「並沒有表現出他自己批判的見地和批判的能力」，因此「補寫出一個完全的性格來，作為補充」。這種看法，使他認定：柳湘蓮是賈寶玉的補充；尤二姐是林黛玉的補充。

端木蕻良是個熟讀《紅樓夢》的現代小說家，小時候曾偷看父親收藏的書報。在《科爾沁前史》中，他說「看見他箱中收集的新遺詔聖書、新三字經、幼學詩……等等」。但在另一篇文章中，他這樣寫：

> 紅樓夢的作者，在我很小的時候，就和他接觸了。我常常偷看我父親皮箱裏藏的紅樓夢。我知道他和我同姓，我感到特別親切。等到我看了汪原放評點的本子，我就更喜愛他了。

端木不但喜愛曹雪芹，還承認與《紅樓夢》發生了愛情。唯其如此，對這部「世界偉大文學作品行列中的非凡作品」（周汝昌：《紅樓夢新探》新版頁五）自有其獨特的見解。

在這篇文章中，端木蕻良認定：「小紅在後來一定有一段大故事。」他的論據是：（一）曹雪芹對「紅」字的處理慎重。（二）高鶚續書時沒有看出曹雪芹的真意。

這種見解，與胡適是一樣的，且獲得了紅學專家們的證實。（一）俞平伯根據脂庚本第二十六回畸笏叟墨筆眉批：「獄神廟回有茜雪紅玉一大回文字，惜迷失無稿，嘆嘆。」認為「獄神廟」三字是回目上有的（《紅樓夢研究》頁二〇八）。（二）周汝昌認為：獄神廟有小紅、茜雪大回文字，屬於石頭記八十回後之殘稿（《紅樓夢新證》舊版頁四三九）。（三）吳世昌說：「紅玉與茜雪很早已離開他（指寶玉），現在走來幫助他，安慰他以及獄中的其他犯人。」（《紅樓夢探源》，英文本，頁三三五—三三六）

此外，端木蕻良對高鶚處理小紅的失敗，還下過這樣的評語：

> ……高蘭墅對於曹雪芹的政治觀點的歪曲是基於他的市民階級的市儈主義而作的，高蘭墅的對於曹雪芹的情節的沒有理解，則是由於他的

文學才能的低能。這可以從他對於小紅的處理的失敗上看出。

這是端木蕻良在三十五年前講的話。今天，周汝昌在一九七六年四月出版的《紅樓夢新證》（增訂本）中仍有類似的看法：

……再來理解曹雪芹的思想境界，再看看高鶚的偽續的思想境界，就可以無待煩言而自明：他們之間的那種不相一致，實在是太大了。（頁九二三）

對於高續，專家們的看法頗不一致。有人認為「《紅樓夢》的悲劇結局，使千千萬萬的讀者對於造成這一悲劇的封建社會制度、封建統治階級引起了深刻的痛恨，這不能不歸功於高鶚續書的功績」（胡人龍、雷石榆：《關於賈寶玉的典型性格》）。但是，端木蕻良與周汝昌一樣，將高鶚視作「千古罪人」。

周汝昌認為：高鶚續書是有政治目的的，「他的目的就是用續書的方式來篡改歪曲曹雪芹的思想」（《紅樓夢新證》增訂本頁九二四）。這一點，與端木蕻良所說的「高蘭墅對於曹雪芹的政治觀點的歪曲」一語，是吻合的。

端木蕻良看《紅樓夢》，特別重視曹雪芹的政治思想。他說：

> 中國的批評家對於政治的嗅覺是遲鈍的，他們不能把過去的作家的政治思想發掘出來。

所以，在談論《紅樓夢》時，竭力強調《紅樓夢》所具的政治意義。他甚至認為：犧牲林黛玉，是「封建貴族社會的政治進攻」。這種觀點，發表在今天，決不會令人感到新鮮。今天，用這種觀點看《紅樓夢》的，大不乏人。有的說：「紅樓夢是一部政治性很強，藝術性很高的政治歷史小說。」（陳熙中等：〈《紅樓夢》——形象的封建社會沒落史〉）有的說：「《紅樓夢》不是愛情小說，而是社會政治小說。」（石一歌：〈《紅樓夢》不是愛情小說〉）但在三十五年前，端木蕻良就用這種觀點來看《紅樓夢》，顯示他對這部偉大作品的理解較同時代人透澈。

對寶黛愛情悲劇，端木蕻良這樣寫：

……曹雪芹能夠看出薛寶釵的體態眉目之間比林黛玉也許更美些。……但是對於她的實利主義，總有幾分害怕。這個政治觀點的不相容，使他終於認識到寶姐姐絕不是他的一夥。

這是端木在四十年代講的話。現在，讓我們看看七十年代的今天，中山大學中文系評紅四組講的話：

……寶釵的美貌，曾經一度動過寶玉的心，但他們之間的兩種思想實在無法調和。當薛寶釵進行封建說教時，賈寶玉便冷言相對。（〈寶黛愛情悲劇的實質〉）

三十多年來，世事的變化很大，人們對事物的看法，無不隨着時代的轉變而轉變，但是，端木對這部偉大著作的看法與現代的看法如此接近，足見其認識的深入。

洪平在〈讀《紅樓夢》的前五回〉一文中認為：曹雪芹為了逃避文字獄，

寫《紅樓夢》時，只好以「愛情問題從屬於政治主題，愛情的描寫掩護了政治內容」。這種說法，與端木蕻良的觀點也是一致的。端木蕻良在談論《紅樓夢》時，一直強調這部小說所含有的政治內容，認為「薛寶釵的勝利是伊所擔負的政治使命的勝利」。

換句話說，端木蕻良看《紅樓夢》，完全將它作為政治小說來分析。這觀點，與現下部分學者所接受的看法基本上是相同的。儘管端木對《紅樓夢》的某些論點仍有商榷的餘地，以三十五年前的情況來說，毫無疑問是一種進步的看法。說「進步」，因為這是由敏銳的批評意識與精細的分析結合而產生的見解。那時候，他的年紀還不到三十，思想成熟得早，已能充分利用自己的才智。現在，再舉一個例子來說明這一點。

徐緝熙在〈評《紅樓夢》〉（原載《學習與批判》一九七三年第二期）一文中說：

> 在《紅樓夢》裏，和賈寶玉、林黛玉相對立的、維護封建正統的典

型人物，首先是賈政，其次還有薛寶釵。

同樣的見解，也許講得更透徹的，是端木蕻良在三十五年前講過的話：

林黛玉作了封建貴族社會政治進攻的炮灰，薛寶釵像一個獻身的女間諜一樣，來執行封建社會的命令，而犧牲了一切，曹雪芹從來沒有妥協，把眼淚哭乾死了，身殉了林妹妹的愛情，說明他始終和林妹妹是一夥的。

根據這種看法，端木還寫了一首詩：

能哭黛玉哭到死，荒唐誰解作者痴！
書未半卷身先殉，流盡眼淚不成詩。

端木蕻良看《紅樓夢》，從不將它視作一部談請說愛的小說。當他分析《紅樓夢》時，完全基於政治觀點。他認定：「薛寶釵是拿愛情做政治的交換。」薛寶釵向賈寶玉所作愛情進攻，在他看來，是「受了整個封建貴族的政治委託的政治進攻」。換言之，「所謂的愛情悲劇，只是一個『目』，而不是甚麼『綱』。」（陳熙中、胡經之、侯忠義：〈《紅樓夢》——形象的封建社會沒落史〉，原載一九七三年九月二十二日《北京日報》）端木蕻良在這個基礎上，將薛寶釵歸入「市儈主義」者，而賈寶玉與林黛玉則是「反市儈主義」的聯合。因此，他清楚指出：「他們三者中間的鬥爭，不是愛情的鬥爭，而是理論的鬥爭。」這種看法，顯示端木早已看出這部小說的社會價值。

魯迅說：「《紅樓夢》裏賈寶玉的模特兒是作者自己曹霑。」（《魯迅全集》第六卷頁四二三）胡適則說：「《紅樓夢》是曹雪芹『將真事隱去』的自敘。」（《胡適文存》第一集卷三頁六〇六）端木顯然是接受胡適的看法的，當他談論《紅樓夢》時，他將賈寶玉寫成曹雪芹：

……他們毫無考慮的把一個不負他們的政治使命的林妹妹處死。而把一個負有他們的政治使命的寶姐姐作了曹雪芹的新婦。

談到賈寶玉與林黛玉的愛情悲劇時，端木這樣寫：

……一般的看法，都以為曹雪芹之所以非林黛玉不可，是因為他倆從小在一起，已經彼此暗中有意了。

談到賈寶玉與薛寶釵的關係時，端木這樣寫：

……這一點薛寶釵也完全明白，所以她在和曹雪芹講愛情的時候，她是把政治觀點當作先決條件來解決的。

毫無疑問，在端木蕻良的心目中，曹雪芹就是賈寶玉，賈寶玉就是曹雪芹。

一九七六年七月十日

端木蕻良與魯迅

❖

《時代文學》創刊號有一首舊體詩，題目是〈哀迅師〉，沒有署名。這首詩雖無署名，根據下列三項事實，可以斷定是端木蕻良作的：

（一）〈哀迅師〉在《時代文學》發表時與其他三首舊體詩合在一起，有一個總題：〈苦芹亭詩抄〉。一九四一年，桂林「草原書店」曾出版《論阿Q正傳》一書，由路沙編輯。這本書收有端木蕻良的〈阿Q論拾遺〉，文末有「一九四〇年十二月十七日改寫於苦芹亭」一行小字。

（二）《中流》第五期（一九三六年十一月五日出版）是「哀悼魯迅先生專號」。在這個專號裏，端木蕻良發表了〈永恆的悲哀〉一文，文中，端木蕻良說他曾經「寫了兩首律詩，上邊寫着『迅師病中博一粲，平仄不調。』」，下屬紅莨女史。其中有兩聯是『淚凝蒲劍誅小鬼，血滲毛椽掃大奸！』『鑿齒願着賊一口，鑄字曾入木三分，』……」後邊的詩句，是〈哀迅師〉中的。

（三）更確實的證據可以在〈哀魯迅先生一年〉中找到。端木蕻良在這篇文章裏不但再一次提到這兩首詩，還作了這樣的說明：為了避免「引起方家多心」，將這兩首詩題作〈釜中魚打油詩草〉。

端木蕻良雖然稱魯迅為「迅師」，卻從未與魯迅見過面。他見到魯迅時，魯迅已躺在膠州路萬國殯儀館的棺材裏。〈永恆的悲哀〉一開頭就敘述參加送葬行列的情景：

在行列裏，我一個人悄悄的送你。沒有人認識我，沒有人和我說話。……

那時候，〈鷲鷺湖的憂鬱〉和〈爺爺為甚麼不吃高粱米粥〉雖已發表，端木與上海的文壇看來還沒有甚麼聯繫。魯迅遺體安葬萬國公墓那天，送喪者超過一萬，端木蕻良從公墓走出來，仍是「一個人悄悄的」。回到家裏，他寫了一首詩：

流離已是漂泊淚，輾轉何妨裸獨窮。
賣血文章無人買，含辛糟釀有自傾。
曾經凍骨難為暖，除卻冰心不向同。
未接慈渥先知死，夜夜開眼怒秋風。

寫這首詩的目的，端木蕻良在〈哀魯迅先生一年〉中說，「哀先生並自哀」。

魯迅於一九三六年十月十九日晨五時逝世。十月十五日，端木蕻良還接到魯迅於十月十四日寫給他的信。《魯迅日記》第一一三九頁有「得端木蕻良信，下午復，並還稿一篇」等語。至於還的是甚麼稿，不易查考。端木蕻良在〈永恆的悲哀〉中，只提到〈祖父為甚麼不吃高粱米粥〉。這篇小說，由魯迅寄給《作家》，刊於《作家》第二卷第一號（一九三六年十月十五日出版）。小說刊出時，題目中的「祖父」兩字改為「爺爺」。但在卷首的目錄中，端木蕻良的「蕻」字，誤植「鬂」字；題目少了「高粱」兩字。《憎恨》初版本（文化生活版。一九三七年六月）中，這篇小說的題目，目錄中仍印「粮」字，內文則為「粱」字。一九五五年八月，《憎恨》新版本（新文藝版）出版，目錄與內容的題目是一樣的。

魯迅對這篇小說的批評是：「也好。」他認為小說的「缺點在開初好像故意使人墜入霧中……」。

魯迅雖然稱讚過端木的作品，也批評過端木的作品；端木與魯迅的關係卻遠不及田軍（即蕭軍）、蕭紅與葉紫密切。端木受魯迅的教澤，與艾蕪、沙汀差不多。端木說他在魯迅逝世前三年已與魯迅通過信，但是，〈鸑鷟湖的憂鬱〉在《文學》第七卷第二號（一九三六年八月一日出版）發表後，魯迅寫信給茅盾，信中有這樣的一段：

> 先前有稱端木蕻良的，寄給我一篇稿子，而我失其住址，無法回覆。今天見《文學》八月號，有〈鸑鷟湖的憂鬱〉一篇，亦同名者所作。因思文學社內，或存有他的通信處，可否乞先生便中一查，見示。

這封信是一九三六年九月十四日夜寫的。從信的內容看來，有兩點可以確定：

（一）端木蕻良在此之前曾經寄過一篇稿子給魯迅；（二）截至那時為止，端木蕻良與魯迅談不上關係。

魯迅逝世一周年，端木蕻良在〈哀魯迅先生一年〉中說他有一雙拖鞋。「這鞋子是瞿秋白買回來的，他（瞿秋白）去了便留給魯迅先生。」至於這鞋子怎會變成端木蕻良的東西，並無說明。端木蕻良在這篇文章中只解釋為甚麼不去看魯迅的理由。他不去看魯迅，因為「怕攪擾他的寧靜」。那時候，魯迅正在患病。

「太平洋戰爭」爆發前夕，端木蕻良在他編的《時代文學》第五、六號中編了一個「紀念魯迅先生逝世五周年」專輯。

同期，刊出第二次徵文的啟事。徵文的題目是：「魯迅和青年」。這一次徵文，《時代文學》準備「貢獻出大量篇幅，刊載受了先生的誘導和鼓勵的人士的紀錄和抒寫」。

《時代文學》是端木蕻良編輯的，這徵文大概也是他發起的，根據〈永恆的悲哀〉，我們知道：端木蕻良因得到魯迅的鼓勵才開始撰寫長篇。

一九七七年三月六日

第三輯

端木蕻良在香港的文學活動——

一九八三年八月十一日在第五屆「中文文學週專題講座」上的發言

❖

【一】

端木蕻良（曹京平，一九一二——　）在香港住過兩個時期：（一）一九四〇年一月至一九四二年春。（二）一九四八年秋至一九四九年八月。

第一次到香港，和蕭紅（張迺瑩，一九一一——一九四二）同來。當時，香港《立報》有如下的報道：「端木蕻良、蕭紅，日昨由內地來港，暫寓九龍某處。」[1]從這個報道來看，端木蕻良和蕭紅於一九四〇年一月二十九日到達香港，應該是不成問題的。但最近見到的《端木蕻良生平及著作年表》卻說端木蕻

1 見一九四〇年一月三十日《立報》、《言林》副刊，「文化情報」。

良和蕭紅於一九四〇年一月十七日乘飛機到達香港。這兩種說法究竟哪一種對，猶待進一步的研究。不過，端木蕻良和蕭紅於一九四〇年一月下半月來到香港，應可肯定。謝霜天在《夢回呼蘭河》中說是「一九四〇年六月四日」，[2]並不正確。此外，施寧在〈蕭紅在香港〉（一九八〇年一月十五日《文匯報》）[3]中說是一九三九年，顯係誤記。

端木蕻良和蕭紅離渝來港，是託人買的機票。離渝前曾與哲學家、史學家華崗（又名華西園）商量過，臨行，還將他們的決定告訴《文摘》副主編賈開基。至於來港的原因，說法有好幾種：有人說是「為了躲避戰爭的動亂，求得一個較好的寫作環境」；[4]有人說是「為了生活」；[5]有人說是「端木應邀到香港編輯《時代文學》刊物」；[6]有人說是「應孫寒冰的邀請」……[7]

端木蕻良應邀到香港編輯《時代文學》的說法，是不能接受的。理由很簡單：周鯨文結識端木蕻良和蕭紅是在兩人離渝來港之後，並非之前。辦《時代文學》，周鯨文說：「因為端木和蕭紅是文藝作家，他們希望有這樣一種刊物。」[8]換句話說，創辦《時代文學》之議是在端木和蕭紅到了香港結識周鯨文之後提出的。

事實上，端木蕻良和蕭紅到香港來，主要因為孫寒冰請他們做編輯「大時代文藝叢書」的工作。

到了香港，他們住在九龍。肖鳳的《蕭紅傳》說他們「住在九龍尖沙咀樂道

2 謝霜天在《夢回呼蘭河》（台北，爾雅出版社，一九八二年一月二十二日初版）中說：「一九四〇年六月四日，蕭紅與端木，遂在這一種複雜情形下，由重慶搭上了飛往香港的客機。」（第二五二頁）。

3 載《文匯報》一九八〇年一月十五日，第十版。

4 邢富君、陸文采、冷淑芬〈蕭紅創作初論〉，《中國現代文學研究叢刊》一九八一年第三輯（北京，北京出版社）。第二二三頁。

5 鐵峰在〈蕭紅傳略〉（《文學評論叢刊》第四輯，北京，中國社會科學出版社，一九七九年，第二九一頁）中說：「一九四〇年春，重慶緊張，經常遭遇到空襲。因為端木蕻良的長篇小說《大江》正在戴望舒主編的《香港日報》副刊「星座」上連載。為了生活和躲避轟炸，六月初，蕭紅與端木蕻良坐飛機離開重慶去香港。」在這一段敘述中，有兩處是錯誤的：（一）戴望舒主編的「星座」是《星島日報》的副刊，並非《香港日報》的副刊；（二）蕭紅與端木蕻良坐飛機離渝來港是一九四〇年一月，不是「六月初」。

6 沈昆朋在〈蕭紅年譜〉（《南開學報》，一九八一年第四期第五四—六〇頁）中說：「端木蕻良應邀到香港編輯《時代文學》刊物……」

7 華銘在〈論蕭紅的文學道路〉（《遼寧師院學報》，一九八一年第四期第一六頁）中說：「一九四〇年春，蕭紅應孫寒冰的邀請，和端木一起去了香港。」不過，肖鳳根據端木蕻良一九七九年九月的回憶所作的敘述更為具體。她在《蕭紅傳》（天津，百花文藝出版社，一九八〇年十二月第一版，第一〇八頁）中說：「恰巧在這時，復旦大學教務長孫寒冰先生希望蕭紅與端木能夠去香港編輯大時代叢書……」

8 周鯨文：〈憶蕭紅〉，《時代批評》第三三期（總第四三三期，香港，一九七五年十二月出版）第二〇頁。

八號」，葛浩文的《蕭紅評傳》說「她和端木住在九龍的樂道」，沈昆朋的《蕭紅年譜》說「他們寓居樂道」，都說得對。不過，有一點倒是應該提出的。端木和蕭紅來港後，《立報》的報道中說他們「暫寓九龍某處」。這「某處」是甚麼地方，不但肖鳳、葛浩文、沈昆朋沒有指出，連鐵峰的〈蕭紅傳略〉和謝霜天的《夢回呼蘭河》也都沒有提到。據我所知，端木和蕭紅並不是一到香港就住在樂道八號的。在搬往樂道之前，他們住在九龍金巴利道諾士佛台三號孫寒冰處。諾士佛台就在現在的「美麗華酒店」旁邊，名作家柯靈和曹聚仁都曾在該台居住過，距離樂道不遠，大時代書店就在樂道。後來，孫寒冰知道樂道八號二樓有空房，就建議端木和蕭紅租住那地方。[9] 那地方鄰近大時代書店，比住在諾士佛台更方便。大時代書店出版的「大時代文藝叢書」，由端木蕻良主編。

端木蕻良的《江南風景》是「大時代文藝叢書」的一種，於一九四〇年五月在香港出版。《江南風景》原名《蒿壩》，是三萬餘字的中篇，根據稿末所註的日期，竣稿於一九四〇年一月。端木在《江南風景》的後記中則說：「直到一九四〇年一月尾都過了才把它竣稿。」後記的說法較為準確。後記寫於一九四〇年二月十六日，小說在刊印單行本之前，以《蒿壩》的題目分數次發表於《星島日報》的「星座」。[10]

端木蕻良來到香港後，除勤於寫作、編輯叢書外，也參加其他的文學活動。他和蕭紅是在一月到香港的，全國文藝協會香港分會於二月五日晚上假座大東酒店舉行會員聚餐，招待他們。二月六日《立報》有如下的報道：「到會員四十餘人，由林煥平主席。會員相互介紹後，席間由蕭紅報告重慶文化食糧恐慌的情形，希望留港文化人能夠加緊供應工作。端木蕻良報告新都文壇的一般情狀，特別指出重慶文藝界之團結一致，刻苦忍耐精神。最後並談及重慶生活程度的高漲，作家要求提高稿費運動，憲政運動在文藝界的反映情形等等，九時散會。」

一九四〇年三月，端木蕻良選輯《大時代的小故事》由重慶復旦大學文摘出版社出版。此書有短篇小說十二篇，端木有三篇〈生活指數表〉、〈找房子〉與

◇◇◇◇◇◇◇◇◇◇◇◇

9 端木蕻良答筆者問，一九八三年三月十日來信。

10 端木蕻良在《江南風景》（江西，江西人民出版社，一九八一年十一月第一版）〈新版前言〉中說：「記得是一九四〇年，我在香港，繼《大江》、《新都花絮》之後，便寫了《江南風景》。當時，這篇東西，完全是被戴望舒給擠出來的……」

〈火腿〉。

一九四〇年三月十六日，《大公報》的副刊「學生界」開始「每周習作研究」，請端木蕻良、思慕、許君遠、純青指導研究。就在「學生界」第一〇五期，端木蕻良指導了黃濤的〈悼念被炸殉職的H君〉，一篇西南公路線上的通訊。端木不但刪改了這篇文章，還寫了〈指導意見〉。此外，在四月十三日的「學生界」（第一一六期），端木還指導月秀的〈老畫師〉，寫了一篇〈改後〉，附在文末。

從六月二十七日起，他的長篇小說《新都花絮》開始在香港《大公報》副刊連載。

此外，他還寫了一篇短文和一篇較長的論文。短文介紹綏拉菲摩維支的《鐵流》，發表在六月三十日的《大公報》的「綜合版」。那篇較長的文章是論魯迅的，題目就叫〈論魯迅〉，長一萬三千字左右，發表在六月八日出版的上海《文藝陣地叢刊》。

一九四〇年八月三日，端木蕻良寫的〈略論民族魂魯迅〉發表。是日，香港文化界在加路連山孔聖堂召開魯迅六十誕辰大會。當晚，蕭紅寫的啞劇《民族魂魯迅》由文協香港分會和漫協同人改編後在紀念晚會上演出。[11]不過，《端木蕻良生平及著作年表》則說：「……紀念魯迅生辰，應楊剛之約，以蕭紅名義發表啞劇《民族魂》。」換句話說，啞劇《民族魂》是端木蕻良寫的。

端木的〈略論民族魂魯迅〉並不是討論啞劇《民族魂魯迅》的。這篇文章「為魯迅先生六十誕辰而作」，發表於《星島日報》副刊「星座」的「魯迅先生六十誕辰特輯」（第六六五期、第六六六期、第六六七期及第六六九期，一九四〇年八月三日至五日及七日）。端木在這篇文章的開頭便說：

> 魯迅在中國民族革命的過程中，不僅僅是盡了一面鏡子的作用，而是一杆倔強的大旗。因為他不止是明澈的反映，而是正確的領導，概括魯迅的一生，沒有一次放縱了敵人，沒有一次誤擲了投槍，沒有一次背叛了時代。

◇◇◇◇◇◇◇◇◇

11　請參閱馮亦代的〈啞劇的演試《民族魂魯迅》〉，香港《大公報》，一九四〇年八月十一日。

端木蕻良認為：

魯迅與托爾斯泰的分別是在於——托爾斯泰本身是一個病人，而魯迅本身則是一位醫生。

除了〈論魯迅〉和〈略論民族魂魯迅〉，端木蕻良還寫了三篇論阿Q的文章。這三篇文章是：（一）〈論阿Q〉、（二）〈論阿Q拾遺〉、（三）〈再論阿Q〉。一九四〇年十二月一日，《科爾沁前史》開始在《時代批評》連載。這篇文章據說是應周鯨文之約而寫的。端木蕻良第一次來港時，不但在《時代批評》發表過不少文章，還在周鯨文的支持下創辦了《時代文學》。端木與周鯨文都是文化人，而且是同鄉。那時候，周鯨文正在發起營救張學良，搞人權運動。端木蕻良因此為《時代批評》寫了好幾篇政治論文：〈論懺悔貴族〉[12]、〈論人權運動〉[13]、〈論人權運動的行動性〉[14]、〈人權運動的進軍〉[15]、〈民主建國與復土抗戰〉[16]。此外，他還寫過一篇〈「五四」和人權運動〉發表在《華商報》上。[17]不過，端木蕻良終究是一位文學家，主要的興趣仍是文學。《科爾沁前史》

開始在《時代批評》連載後，他還寫了〈門外文談〉[18]與〈中國三十年來之文學流變〉[19]。到了一九四一年六月，由他主編的《時代文學》出版了。

❖

【二】

關於端木蕻良夫婦結識周鯨文的經過，肖鳳的講法與周鯨文本人的講法頗有出入。

12 載《時代批評》第三卷第六九期（一九四一年四月十六日）。
13 同上，第三卷第七〇期（一九四一年五月一日）。
14 同上，第四卷第七三、七四期合刊（一九四一年七月一日）。
15 同上，第四卷第七七期（一九四一年八月十六日）。
16 同上，第四卷第七九期（一九四一年九月十六日）。
17 載《華商報》，一九四一年五月四日。
18 載《大公報》，一九四〇年十二月十五日。
19 載《東方雜誌》，第三〇卷第四號（一九四一年二月十六日）第一五—二三頁。

肖鳳在《蕭紅傳》中這樣寫：

當時的香港，聚集着不少文化人。蕭紅、端木結識了「國新社」的社長胡愈之先生。並通過胡愈之先生的介紹，結識了留港的東北民主運動領袖周鯨文先生。周先生在香港一條繁華的大街上創辦了一座時代批評書店，很願意結交文化人。在胡先生的介紹下，蕭紅、端木二人就與周先生在香港大酒店會面了。周先生是一個性格爽快的東北人，他當場倡議要編一個刊物，這就是六月份創刊的《時代文學》，由他供給出版經費，端木蕻良擔任主編。[20]

周鯨文在〈憶蕭紅〉中這樣寫：

有一天下午端木和蕭紅到我的辦事處（雪廠街十號交易所大樓）來訪我。我們既是同鄉又是文化界中人，真是一見如故，彼此非常親近。從此就常相往來，有時到酒樓飲茶，有時他們到我家作客。[21]

這兩種講法，有着相當大的出入，連第一次會面的地點也不同：一個說是香港大酒店，一個說是交易所大樓。這兩種不同的講法顯示兩者之間必有一個是誤記。不過，有一件事情應可肯定：端木與周鯨文是在香港結識的。此外，肖鳳記述創辦《時代文學》的動機時說周鯨文「當場倡議要編一個刊物」，但周鯨文在〈憶蕭紅〉中卻說：「因為端木和蕭紅是文藝作家，他們希望有這樣一種刊物。同時，那時由國內到香港逃難的有大批文藝工作者，也應給他們發表文章的園地。……」[22]

這兩種說法，孰是孰非，不易判別。目前我們已知的事實是：（一）胡愈之是端木的好朋友，端木來港後曾應胡愈之之請寫過一篇介紹谷斯範小說的文章〈單表六師爺〉在《星島日報》副刊發表。[23]（二）《時代文學》創刊號出版於一

◇◇◇◇◇◇◇◇

20 參注七。
21 參注八。
22 參注八。
23 同注九。

九四一年六月一日。周鯨文在〈憶蕭紅〉中說《時代文學》第一期出版於一九四一年七月，是誤記。

《時代文學》的封面雖印着「主編周鯨文、端木蕻良」，周鯨文只是掛一個名義，實際編輯工作是端木蕻良一個人做的。這本雜誌一共出了六期，第七期因太平洋戰爭爆發而沒有出版。「第五、六號合刊」封底有一句廣告詞，說《時代文學》是「香港唯一巨型文學月刊」。端木蕻良在去年三月十日的來信中也說：「《時代文學》可能是香港首創的大型文藝月刊。」這種講法是否可以接受，需要進一步的研究。不過，《時代文學》「薈萃全國作家心血反映大時代的全貌，並介紹歐美文學的動向」，[24]內容充實，編排新穎，說它是香港文學發展過程中的一份重要文藝刊物，大概不會引起爭論。

《時代文學》之所以能夠成為香港文學發展過程中的重要文藝刊物，端木蕻良的功勞最大。端木在這本雜誌上所花的精力與時間很多，不但寫了許多稿子，還親自繪製插圖、設計標題和目錄。《時代文學》目錄上面有十六位大文豪的畫像，都是端木畫的，其中有些根據《世界文庫》扉頁上的人像摹畫出來。蕭紅的《小城三月》插圖也是他畫的。此外，他還寫長篇小說《大時代》、寫舊詩、寫雜文。寫舊詩不署名，只在目錄中以〈苦芹亭詩抄〉為總名，寫雜文，卻用了許多筆名。我曾經為此寫信給端木蕻良，請他告訴我：《時代文學》刊登的「人海雜言」欄中哪幾篇雜文是他執筆的。他在覆信中這樣說：

「人海雜言」欄目，您舉的各篇，可能都是我寫的。但不敢每篇都肯定，因為手邊沒有原文可查。當時隨便起個名字，就發出去了。紅樓內史是我用的筆名，我還刻過一顆圖章用此名呢！記得還有一篇〈重慶隧道大慘案〉是我寫的，署名是「羅松窗」（？）。還有一篇〈素王贊〉，其中引用舊典，當時在香港因手邊無書（《論語》等書），是錯了的。大概那典是「佛肸以費畔」。因為後來發現錯了，所以反而記得住些。署名：蒲梅齡、莊生、陶栗里、阮咸……是我寫的。[25]

◇◇◇◇◇◇◇◇◇◇

24 該廣告對《時代文學》所作的介紹。

25 端木蕻良答筆者問，一九七九年八月五日來信。信中提到的筆名「羅松窗」，在《時代文學》第二號刊出時是「蘿松窗」。

在編輯《時代文學》時，端木蕻良展現了多方面的才華。從《時代文學》中，我們看到了端木蕻良在寫作方面的智巧，看到了他在編輯工作方面的能力，還看到了他在繪畫方面的造詣。他為《小城三月》繪的插圖以及為魯迅繪的指畫，都顯示他是一位天資頗高的藝術家。

端木蕻良在《時代文學》第五、六號的「魯迅逝世五周年紀念」專輯所畫的指畫〈魯迅先生像〉，是用「金咏霓」的筆名發表的。關於這個筆名，端木於一九七八年十一月二十八日來信說：

……我的筆名是金詠徵還是金詠霓，只用過這一次，我記不清了，請核對。

但在端木蕻良寄給我的傳記資料（油印）中，「金咏徵」的「泳」與信中的「詠」字不同，而「微」字由端木親筆改為「徽」。其實，這幅指畫發表時用的筆名是「金咏霓」，不是「金咏徵」，不是「金泳微」，不是「金咏微」。[26]更不是「金咏徽」。

端木蕻良在編輯《時代文學》時，可以說是施展了渾身解數。不過，沒有朋友們給他的幫助，《時代文學》就不會編得這麼好。譬如，《時代文學》第四號的「蘇聯文學專號」，因為當時的香港不容易找到蘇聯文學的資料，不少材料都是戈寶權（一九一三—　）提供的，特別是有關的圖片。至於《時代文學》所刊延安方面的稿件，是端木蕻良與丁玲（蔣冰之，一九〇四—　）取得聯繫後，委託她代約的。劉白羽（一九一六—　）的短篇小說〈太陽〉是其中之一，刊出時，標題則由端木設計。由於當時的郵件是要經過檢查的，丁玲為《時代文學》約的稿件，端木不能全部收到。同樣的情形，《時代文學》刊登的《孤島》稿件，由巴人（王任叔，一九〇一—一九七二）代約，（章泯〔謝韻心，一九〇六—一九七五〕的獨幕劇《撫恤金》是其中之一），因為郵件檢查的關係，巴人寄給端木蕻良的稿件也不能全部收到。[27]此外，周鋼鳴（一九〇四—一九八一）也是《時代文學》的支持者。端木蕻良在一九八一年五月十七日出版的香港《文匯報》發

◇◇◇◇◇◇◇◇◇

26 馬蹄疾：〈《魯迅日記》若干人名考辨〉，《新文學史料》第三輯，第二七九頁。

27 這些事情是端木蕻良在一九八三年三月十日來信中告訴我的。

表的〈花犯——挽鋼鳴〉中說：「一九四〇年我和蕭紅自重慶飛往香港，創刊《時代文學》，鋼鳴熱情支持，樂為撰稿，為《時代文學》堅強支柱，舊志俱在，議論鏗鏘，玉振金聲。」28

《時代文學》雖然只出六期（實際只出五期，第五號與第六號合刊），不但發表了不少好作品，還做了不少好事情。為了擴大文學隊伍，曾兩次舉辦徵文：第一次徵文的主題是「南國的一天」和「香港風景」；第二次徵文的主題是「魯迅和青年」。第一次徵文入選作品於第三號與第四號編成專輯刊出，欄名「南國的一天」。第二次徵文為海內外青年提供向魯迅學習的園地，啟事於第五、六號（也是最後一期）刊出，反應如何，無從知曉。此外，最後一期《時代文學》還刊出廣告徵求「時代文學之友」，希望借此「使文學的園地更能豐富活潑起來」。

❖

【三】

端木蕻良在香港發表的作品相當多。長篇《大江》、《大時代》（未寫完）、《新都花絮》，中篇《蒿壩》（即《江南風景》）、《科爾沁前史》、（甚至近期寫的《曹雪芹》）等都是發表在香港的報刊上的，端木在重慶的時候，戴望舒就寫信給他，約他寫《大江》，在《星島日報》的「星座」連載。當時，「星座」是由戴望舒編的。後來，端木偕同蕭紅離渝來港，戴望舒還接待過端木蕻良。有人說是「孫寒冰介紹他們兩人為本港《星島日報》副刊撰稿」，與事實略有出入。至於端木蕻良為《大公報》副刊寫稿，完全是楊剛的關係。端木蕻良在重慶復旦大學教書時，楊剛寫信給他，約他寫長篇。他將《新都花絮》交給楊剛在《大公報》連載。

一九四一年八月四日，許地山（許贊坤，一八九三——一九四一）逝世，端木蕻良作挽聯刊於《時代文學》。

同月，端木蕻良與蕭紅曾往香港大學講學。

第一次留港期間，香港書店出售的端木蕻良作品有八、九種。香港時代書店於一九四一年九月刊登廣告列出經售的端木蕻良著作有如下幾種：（一）《科爾沁旗草原》、（二）《大地的海》、（三）《新都花絮》、（四）《大江》、（五）《憎恨》、

28 載香港《文匯報》，一九八一年五月十七日。

（六）《江南風景》、（七）《風陵渡》、（八）《端木蕻良短篇甲集》。《科爾沁前史》也列入廣告，且有「即出」字樣，其實沒有出版。

❖

【四】

一九四一年二月中，茅盾（沈德鴻，一八九六—一九八一）第二次到香港定居。《時代文學》第二號（一九四一年七月一日出版）刊出了茅盾的〈大題小解〉。文章附刊的「茅盾先生手跡」是茅盾寫給端木的信，說明茅盾在來港前已與端木通信。端木蕻良的〈詩的戰鬥歷程〉是發表在《文藝陣地》（第一卷第一〇期）上的。茅盾主編的文藝性綜合半月刊《筆談》則由時代書店擔保出版。[29]

美國女作家艾格妮絲．史沫特萊（Agnes Smedley）在香港的時候，端木蕻良和蕭紅是唯一過從者。[30]

關於史沫特萊來港的事，有幾種記載：

（一）駱賓基（張璞君，一九一七—　　）在《蕭紅小傳》中這樣寫：「一九四一年春天，她（按：指蕭紅）碰見了回國途中路經香港的史沫特萊。」[31]

（二）茅盾在《呼蘭河傳》中說：「《呼蘭河傳》脫稿以後，翌年之四月，因為史沫特萊女士的勸說，蕭紅想到新加坡去。」（史沫特萊自己正要回美國，路過香港，小住一月……）[32]

（三）肖鳳在《蕭紅傳》中說：「一九四一年的春天，美國女作家史沫特萊從中國返回美國的途中，路經香港時，住在當時的香港會督（即大主教）英國人Bishop Hall（中國名字何鳴華）家裏。」[33]

（四）鐵峰在《蕭紅傳略》中說：「四月間，美國進步作家史沫特萊由香港回國，曾特意到蕭紅的寓所去看望她。」[34]

◇◇◇◇◇◇◇◇◇◇

29 同注九。

30 端木蕻良於一九七九年二月八日來信中說：「史沫特萊在港生活時我與蕭紅是唯一過從者。」

31 第一四二頁。

32 蕭紅：《蕭紅選集》，第三三七—三三八頁。

33 參注七，第一一六頁。

34 參注五，第二九二—二九三頁。

（五）沈昆朋在《蕭紅年譜》中說：「四月，史沫特萊回國路經香港時，探視了貧病交加的蕭紅。」[35]

（六）周鯨文在〈憶蕭紅〉中說：「美國女作家史沫特萊那年大約在六、七月間來港……」[36]

（七）趙鳳翔在《蕭紅與美國作家》中說：「次年春，史沫特萊告別了新四軍，準備回美國。她在返美途中，路經香港，住在當時的香港會督（即大主教）英國人 Hall（他的中國名字叫何鳴華）的家裏。」[37]

但是，講得最具體的，是巫寧坤在〈《大地的女兒》序〉中所說的話。巫寧坤說：「由於病情再度變化，史沫特萊於一九四〇年九月離開中國大陸前往香港進行醫療，次年夏返回美國……」——根據巫寧坤，「緊張的生活給她的健康帶來了極大的壓力」，「一九三七年八月，她忍受着背部的傷痛」……

從巫寧坤寫的〈序〉中，我們知道史沫特萊的健康情況相當差，留港期間曾「進行治療」。

史沫特萊留港期間曾和茅盾見面，並約端木蕻良與蕭紅在一起。史沫特萊將在新四軍中的生活講給他們聽。史沫特萊曾「在新四軍的救護隊中工作。據說對於該軍的救護工作，她比任何美國人要知道得多」。[38]茅盾是可以用英語談話的，不過說得不夠流暢。[39]

史沫特萊離港返美前留下十篇小說給端木蕻良，希望譯成中文後發表。趙鳳翔在《蕭紅與美國作家》中說：「端木曾經請人譯了一篇，發表在他主編的《時代文學》雜誌上。」[40]其實，《時代文學》刊登的史沫特萊小說共有三篇，不止一篇。《時代文學》創刊號刊出史沫特萊的〈這樣微小的事〉與V‧萊西克的〈安妮‧史沫特萊〉，第二號刊出史沫特萊的〈最後勝利之後〉，第三號刊出〈遊擊隊的軍事法庭〉。〈這樣微小的事〉和〈遊擊隊的軍事法庭〉是翟咏徽譯的，〈最後勝利之後〉是自然譯的。翟咏徽的英文根基好，端木蕻良有意將史沫特萊

35 參注六，第五四—六〇頁。
36 參注八，第一九頁。
37 《新文學史料》，一九八〇年第一期第二五八頁。
38 V‧萊西克著，羽九譯〈安妮‧史沫特萊〉，《時代文學》創刊號，第五一頁。
39 同注九。
40 參注三十七。

交給他的其他幾篇小說也請翟咏徽譯成中文，由於太平洋戰爭爆發，這個計劃沒有成為事實。其餘幾篇小說雖然已在戰爭中丟失，但端木蕻良相信史沫特萊會有複印稿。當時，史沫特萊交給端木蕻良的稿子都是用打字機打的。她離開香港時曾告訴端木，她可能為《法蘭克福報》寫稿，不過，為該報寫稿幾乎是沒有稿酬的。[41]從V．萊西克寫的〈安妮．史沫特萊〉一文中，我們知道史沫特萊是因為任《法蘭克福報》的旅華記者才到中國來的。那時候，《法蘭克福報》是一家思想前進的自由主義報紙。

❖

［五］

蕭紅在香港寫的三個重要作品：（一）《呼蘭河傳》[42]、（二）《馬伯樂》[43]、（三）《小城三月》[44]。蕭紅在構思這些作品時都曾與端木蕻良談過。端木蕻良在一九八三年三月十日答覆我提出的問題時作了一些相當重要的透露，據說《馬伯樂》這個名字是端木蕻良給蕭紅起的，蕭紅認為很有趣。至於小說的結構也是端木蕻良為她出的主意。端木蕻良以《西遊記》和《唐・吉訶德》為例，說這兩部名著不但再續多長都可以，甚至中間截去一段也不成問題。蕭紅擅長寫散文式的小說，採用這種結構，十分合適。蕭紅覺得端木這個主意很好。端木鼓勵蕭紅寫《馬伯樂》，因為希望蕭紅寫出一個典型人物來。端木的看法是：創作不出典型人物的作家，不能成為第一流作家。

端木蕻良自己寫的長篇小說《大時代》，與蕭紅的《小城三月》同時發表在《時代文學》第二號上。《大時代》的副題是：「人間傳奇第五部」，顯然是端木的重要作品之一，可惜只發表了三期，就沒有繼續寫下去。《時代文學》第五、六號有一個小啟，說：「端木蕻良先生的長篇《大時代》，因病未能續寫，暫停

◇◇◇◇◇◇◇◇◇

41 同注九。

42 沈昆朋：《蕭紅年譜》（參注六）說此書於「一九四〇年十二月二十日香港完稿，發表於九月一日——十二月二十七日《星島日報》『星座』副刊」。

43 此書上卷於一九四一年一月由重慶大時代書局出版，《續稿》於二月一日至十一月一日在香港《時代批評》連載。

44 發表於一九四一年七月一日出版的《時代文學》第二號。

刊載，謹向讀者致歉！」

《大時代》未能續刊，第五、六號的《時代文學》卻刊出了駱賓基[45]的《人與土地》第一章。

從戢克非、趙恒珊的〈蕭紅的最後四十四天〉中，我們知道駱賓基是很重視這部作品的。戢克非、趙恒珊這樣寫：

過了三、四天，駱賓基和蕭紅商量說：「我很惦念《人和土地》那部書稿，我把稿子看得和生命一樣重要，所以，我想回九龍寓所安排一下再回來……」[46]

這裏，我必須指出：駱賓基發表在《時代文學》上的長篇小說，題目是《人與土地》，不是《人和土地》。戢克非、趙恒珊說這部長篇小說「是在端木蕻良主編的《時代批評》上連載的」，也不對。《人與土地》發表在端木蕻良主編的《時代文學》，不是《時代批評》。此外，文中對那幅題圖的描寫與事實也有很大的距離。戢克非、趙恒珊說：

畫面上是一片高粱地，灼熱的陽光把高粱葉子都曬得翻捲過來了。高粱桿的空隙中的人依稀可辨……這幅畫畫得那樣形象、逼真、簡潔和樸實。它不僅準確而生動地概括了《人和土地》的主題，而且也是蕭紅對淪於日寇鐵蹄下的故鄉的土地和人民懷念之情的寄託。[47]

從這一段描述，我可以肯定戢、趙二位先生沒有看過第五、六號的《時代文學》。如果他們看過那一期的《時代文學》的話，一定不會這樣說了。因為《人與土地》的題圖既無「高粱地」，也沒有「灼熱的陽光」，更沒有「曬得翻捲過來」的「高粱葉子」。這幅題圖畫的是，雲和雲中掉落下來的炸彈，一座塔和一個山區，山上有屋有樹。

《人與土地》雖然是長篇，在《時代文學》只刊登了一期，所以題畫只有一

45 《人與土地》在《時代文學》第五、六號發表時用的筆名是駱賓基。
46 戢克非、趙恒珊：〈蕭紅的最後四十四天〉，《春風》，一九八一年，第八期第五一頁。
47 同注四十六。

幅，並無第二幅。戢、趙二位對這幅題畫的描述顯然是錯誤的。這種與事實並不相符的描述使我對他們所說的駱蕭（駱賓基和蕭紅）關係的可信性不能沒有懷疑。

關於蕭紅最後一個月的情形，端木蕻良曾於四年前來信答覆我的詢問時有所說明：

……駱賓基何時來港？他到港後，生活無着，打電話給我。我和蕭紅都與他夙不相識。我接到電話，即去旅店將他接出。與周鯨文商量，安置他住在時代書店，我便在《時代文學》上發表他的《人與土地》。在香港戰爭爆發前夕，我帶他到九龍樂道家中，與蕭紅見了一面。未談幾句話，因蕭紅久已臥床，他便辭去。十一月七號（？）港戰爆發前，他打電話告我他即將回去，我留他幫助我。戰爭期間，一旦一個現代化的都市癱瘓了，沒個人手是不行的。他才沒有走。在十八天的戰爭中，我們先住思豪大酒家；思豪中彈，才移到山頂一座空出的別墅；此地又中炮火，又移到中環……生活屢遷，逃避彈火尚且不及，遑論及其他。

聖誕節停戰剛結束，我即去養和醫院接洽，找李樹培大夫醫治。他說蕭紅已是喉結核，須開刀。我的哥哥脊椎結核，在北平協和開刀，彼時還未痊癒。那時，蕭紅還曾寫信問過他，因他在福壽嶺肺病療養院臥床養病，我們還曾計劃蕭紅能到此和他一齊養病。（他七、八年才封口）所以我不同意開刀。但李堅持開刀，說開刀才能有一線希望，否則沒有希望。蕭紅便說我不要婆婆媽媽的，她自己便簽字了。香港法律：病人自己簽字即可生效。開刀後，喉頭要插個管子，隨時吸痰。除我隨時去看她，便請特別護士，日夜護理，這時駱都不在。直到養和宣佈無望，我才想法把她送到瑪麗醫院搶治。但不久瑪麗醫院即宣佈為日軍野戰醫院，病人一律趕出，不得已我又接洽法國醫院，這裏有位法國老大夫，他精心治療，非常熱心，以前我還記得他的名字，願他永生天國！文革後我記憶力鋭減，忘記了，但仍可打聽得出。但隨着戰爭擴大，法國醫院又改為野戰醫院，病人遷入聖士提反女校，這時條件就更差了……一月廿二日蕭紅就與世長辭了。這樣短的時間，駱對蕭紅所知如何？不問可知。[48]

端木蕻良在敘述這件舊事時難免攙和主觀意識，不過，這終究是第一手資料，值得重視。像戢、趙二位在描述《人與土地》題畫時的舛誤，除了沒有掌握充分的資料，不易找到其他的解釋。類似的舛誤，在研究蕭紅的文章裏還有不少，隨便舉一個例子，聖士提反女校是香港著名的學校，不應該弄錯的。但是，駱賓基將「聖士提反」寫成「聖提士及」，[49] 沈昆朋將「聖士提反」寫成「聖提士氏」，[50] 肖鳳將「聖士提反女校」寫成「聖提司凡女校」。[51]

蕭紅死後，端木蕻良乘日輪「白銀丸」離開香港到廣州去，因廣州灣已被日軍控制，改在澳門登岸，時間是一九四二年三月。[52]

端木逃出香港，曾在澳門住在木刻家新波家裏。他於一九八〇年三月十九日寫給友人的信中回憶此事時說：

……當時米珠薪桂，我住了很久，才由東江乘單車回桂林，當時他們賢夫婦盡情招待，給我情感上得到極大的安慰。[53]

❖

〔六〕

一九四八年，端木蕻良在上海編輯《求是》雜誌與《銀色批判》。那年十月底，因上海局勢混亂，第二次來港定居。[54]《時代批評》第五卷第一〇七期有

◇◇◇◇◇◇◇◇◇◇◇

48 這是一九七九年端木蕻良致筆者函中的一段。信中關於「港戰爆發前」的日期，加上一個問號，表示已記不清。

49 駱賓基在《蕭紅小傳》第一五九頁中，有這樣一句：「T君偕同C君到了紅十字會臨時設立的聖提士及臨時病院。」

50 沈昆朋在《蕭紅年譜》中這樣寫：「蕭紅被趕出，棲身紅十字會設立的聖提士氏臨時醫院。」

51 肖鳳在《蕭紅傳》第一二〇頁中這樣寫：「他們又不得不把蕭紅送往聖提司凡女校改成的臨時醫院。」在一二二頁中這樣寫：「蕭紅逝世之後，端木蕻良把她的骨灰分葬在了兩個地方：一個地方是聖提司凡女校……」

52 云之在〈三分風土能入木．七種人情語不驚〉（一九八二年十一月四日《新晚報》）中提到這一點。

53 見一九八〇年四月二十日《文匯報》「文藝」版的「作家書簡」。

54 端木蕻良於一九七九年一月十日來信中說他於一九四八年秋由上海到香港。但，《端木蕻良生平及著作年表》說他於一九四八年冬由上海到香港。

報道。

來港後，住在九華徑，與方成、單復、楊晦、樓適夷、臧克家、黃永玉、余心清等人同住。[55]房子是畫家黃永玉代他們找的，他們因此戲稱黃永玉為「村長」。

那時候，轉移到香港來的文化工作者相當多，情況是相當熱鬧的。譬如，設在九龍青山的達德學院在文學院經常舉行「作家招待會」。達德學院的院址原是蔡廷鍇將軍的別墅，叫做「芳園」。端木蕻良二次來港後，也曾參加過在「芳園」舉行的招待會，[56]並在會上發言。在那一次發言中，他談聞一多和朱自清，談「文藝的新生的問題」，也談《新都花絮》。[57]

端木蕻良二次居留香港期間，招待會之類的場合參加過不少，而且頗多發言的機會。不過，他在發言之前從不準備講稿，都是即興發言。

端木蕻良不但能寫，而且能畫。他為《小城三月》作的插圖以及用手指畫的魯迅像都會使人驚詫於他的才能。事實上，他能畫，也愛畫。一九四九年一月一日至四日，關山月假思豪酒店畫廳舉行畫展，端木蕻良發表了〈題關山月畫展〉。[58]

一九四八年年底，《文藝生活》曾發徵稿信給住在香港的一部分作家，提出五個問題要作家們答覆，回顧一九四八年的中國文壇。端木蕻良收到這封信後，在「一個嘈雜的茶館裏」寫了一篇短文，題目是：〈不及格的答卷〉。[59] 在這篇文章中，他推薦了《紅旗呼拉拉的飄》、《鍛鍊》和《南洋淘金記》。

《文藝生活》主編司馬文森（何章平，一九一六－一九六八）除了請端木蕻良參加這一次筆談外，還約端木蕻良寫短篇。那時候，端木忙於編刊物寫雜稿，還在計劃寫長篇，短篇小說寫得不多。《文藝生活》總第五二期刊登了他的短篇

55 金東方在她的專欄「浮世繪」（《文匯報》，一九八二年四月三十日）中也提到這件事。她說：「四十年代方成曾在香港發表過《康伯》連載漫畫，老香港對他應該還有印象。他那時在香港與端木蕻良、單復三個人在荔枝角合租一間屋，《康伯》就是這個時期的產物……」

56 《文藝生活》第四七期（一九四九年四月十五日）封裏刊有端木蕻良參加達德學院文學系學生歡迎會時與臧克家合攝的照片。

57 阿超在〈來港作家小記〉中，對此事有較詳細的敘述。此文載於香港達德學院文學系系會主編的《關於創作》，一九四九年元月三十日出版。

58 載《星島日報》「星座」增刊，一九四九年一月一日。

59 發表於《文藝生活》總第四五期，一九四九年二月十五日出版。

〈朱刀子〉。

除了〈朱刀子〉，端木蕻良還寫過一個短篇〈海港復仇記〉。這篇小說的題目與另一短篇〈海港〉有點近似，內容卻截然不同。〈海港〉已收在一九八二年三月出版的《端木蕻良小說選》中，但是〈海港復仇記〉從未編過集子。事實上，我見到的兩三種〈端木蕻良著作目錄〉都沒有將這個短篇列入。這是一篇寫得相當出色的短篇，顯已被人遺忘，可能連端木本人也不記得了，不讓它「出土」，是可怕的糜費。我在這裏特別提到這篇小說，就是這個意思。[60]

端木第二次來港，住的日子不多，一年也不到，除了上面提到的那些作品外，還寫了〈第一個人民的春天〉[61]、〈圖騰柱崇拜〉[62]、〈略談馬思聰的路〉[63]、〈致陳納德〉[64]、〈主觀在作怪〉[65]、〈米谷的畫〉[66]、〈命星〉[67]、〈工人文學〉[68]、〈哀黃克強夫人〉[69]、〈黃永玉的木刻〉[70]、〈煤〉[71]、〈保衛世界和平〉[72]、〈山歌．木刻〉（由端木蕻良寫山歌，黃永玉木刻）[73]、〈狗爬徑山歌〉（由端木蕻良寫山歌，黃永玉木刻）[74]、〈秧歌調〉（一——十二）[75]、〈狗爬徑山

60 本文發表後，端木蕻良於一九八三年九月十九日來信，說是面臨編輯《選集》問題，囑我複製〈海港復仇記〉寄去。〈海港復仇記〉寄出前，小思將刊於《東北現代文學史料》（一九八二年十二月出版）中之〈端木蕻良年譜〉（李興武作）影印一份給我，〈年譜〉中已提到〈海港復仇記〉這個短篇。
61 載《華商報》「茶亭」，一九四九年一月一日。
62 載《文藝春秋》第八卷第一期。
63 載《華商報》「茶亭」，一九四九年一月二十一日。
64 載《大公報》「文藝」，一九四九年一月二十四日。
65 載《華商報》「茶亭」，一九四九年一月二十七日。
66 載《華商報》「茶亭」，一九四九年二月十日。
67 載《時代批評》第五卷第一〇九、一一〇合刊，一九四九年二月十五日。
68 載《華商報》「茶亭」，一九四九年二月十七日。
69 載《大公報》「大公園」，一九四九年三月八日。
70 載《大公報》「大公園」，一九四九年三月十一日。
71 載《華商報》「茶亭」，一九四九年三月十四日。
72 載《大公報》「文藝」，一九四九年三月三十日。
73 載《大公報》「大公園」，一九四九年四月二十二日及四月二十四日。
74 載《大公報》「大公園」，一九四九年四月二十六日。
75 載《大公報》「大公園」，一九四九年四月二十八日。

歌〉（七姊妹八首）[76]、〈五四謠〉[77]、〈秧歌調〉（十三—十五）[78]、〈狗爬徑山歌〉（新村樂五首）[79]、〈諾舞〉[80]、〈秧歌舞〉[81]、〈記錄文學〉[82]、〈翻身大合唱〉[83]、〈評《種穀記》〉（與方成、李岳南、陽太陽、單復、蒂克合寫）[84]、〈戰士的典型〉[85]、〈評《暴風驟雨》〉（與方成、李岳南、陽太陽、單復、蒂克合寫）[86]，〈推薦王希堅作《民歌百首》〉（與方成、李岳南、陽太陽、單復、蒂克合寫）[87]等。此外，端木還有一首長詩〈寫於十二月九日〉刊於一九四六年二月六日《華商報》的「文藝專頁」第五號上。二次來港前，有〈夏夜〉[88]、〈恩格斯談屑〉[89]、〈風物恩情〉[90]，發表在《時代批評》上。

端木蕻良於一九四九年八月與方成、單復等人乘船離港北上，先到天津，然後到北京。

一九八三年七月三十一日初稿
同年十月三十日補充修改

76 載《大公報》「大公園」，分別於一九四九年四月二十九日、五月二日、五月五日、五月七日、五月九日、五月十一日、五月十三日、五月十六日刊出。
77 載《大公報》「大公園」，一九四九年五月四日。
78 載《大公報》「大公園」，一九四九年五月十二日。
79 載《大公報》「大公園」，分別於一九四九年五月十八日、五月二十日、五月二十三日、五月二十五日、五月二十七日刊出。
80 載《大公報》「文藝」，一九四九年五月二十五日。
81 載《大公報》「大公園」，一九四九年六月六日。
82 載《大公報》「大公園」，一九四九年六月十日。
83 載《大公報》「文藝」，一九四九年七月十一日。
84 載《大公報》「文藝」，一九四九年八月一日。
85 載《大公報》，一九四九年八月四日。
86 載《大公報》「文藝」，一九四九年八月二十九日。
87 載《大公報》「文藝」，一九四九年十月二十三日。
88 載《時代批評》第五卷第九八期及第九九期，一九四八年二月十五日。
89 載《時代批評》第五卷第一〇〇期，一九四八年四月十五日。
90 載《時代批評》第五卷第一〇五期，一九四八年九月十五日。

端木蕻良與《時代文學》

❖

我寫過一本書，書名《端木蕻良論》。

此書出版前，我不認識端木蕻良。

此書出版後，我從友人處知道端木蕻良的地址，空郵寄一本給他，開始通信。約莫過了十年，我與端木蕻良在深圳西麗湖「創作之家」第一次見面。

我與端木蕻良通信，主要是談他的著作。

一九七九年七月二十四日，我寫信給端木蕻良，提出以下三個問題：

（一）葉之林與葉之琳是筆名抑化名？

（二）《時代文學》「特約撰稿人」名單中的「翟詠徽」，是不是您的筆名？

（三）《時代文學》創刊號「人海雜言」一欄，有紅樓內史〈調寄西江月〉、倪朔爾〈白光的誘惑〉、度曲郎〈可憐的秋香〉、莊生〈救火三昧〉、東方亮〈楹聯大觀〉、阮咸〈春末閒談〉、陶栗里〈姑惡篇〉、蒲梅齡〈醒世姻緣〉等，其中有您寫的嗎？

一九七九年八月五日，我收到端木蕻良的覆信：

以鬯先生：

因天熱不適，又加之以忙，遲覆請諒。我以前畫的魯迅先生如能複製，盼能寄下為感。《時代文學》目錄裝幀都是我製的。其中各個人像都是我畫的，包括魯迅、茅盾在內。那時，初到香港，港地文藝活動，似不如今日發達。尋取中外作家肖像，十分困難。我記得有的是從《世界文庫》精裝本扉頁上的小頭像模畫出來的，所以，很不全面。

「人海雜言」欄目，您舉的各篇，可能都是我寫的。但不敢每篇都肯定，因為手邊沒有原文可查。當時隨便起個名字，就發出去了。紅樓內史是我用的筆名，我還刻過一棵（顆）圖章用此名呢！記得還有一篇〈重慶隧道大慘案〉是我寫的，屬名是「羅松窗」（？）。還有一篇〈素王贊〉，其中引用舊典，當時在香港因手邊無書（《論語》等書），是錯了的。大概那典是「佛肸以費畔」。因為後來發現錯了，所以反而記得住些。屬名：蒲梅齡、莊生、陶栗里、阮咸……是我寫的。

我用金詠霓名字為《馬伯樂》畫的兩幅插圖，一幅在啤酒桶上；一幅在邊角上，有拉丁字母近似「京平」的簽名，又像是「金霓」的拼音。

翟詠徽不是我的筆名。是徽，還是黴，我也記不清了。她是搞英文的，當時，史沫特萊留給我的短篇，即由她譯出，我記得刊出一篇，其他尚未來得及翻譯，太平洋大戰即起。隨罷。她是周鯨文小姨。

曹之琳、曹之林都是我收魯迅先生信用的。先是葉之林，因為居住我家兄處，本來姓曹，如郵遞員喊信，未免有些不符，隨改為曹之琳，後又簡化為林，也是想更接近一個普通收信的名字而已。

承您對拙作《曹雪芹》，時加鼓勵，不勝慌慚之至。我因實在並未寫完，又因疾病纏身，又不敢太趕，如果沒有我愛人鍾耀群協助，就不堪設想了。上月香港崑崙、鳳凰、長城有聯合把它製成電影之議。倩人與我接洽，我因為還未寫到他青年時代，實在無法應命。也有的朋友說像火燒紅蓮寺那樣連攝，也有人說像普希金傳那樣拍三部：少年、青年，和他的死。這三部片子以少年拍得最好，倒是真的。
上海與北京也都有此議，我覺得不易搞得好。
葛先生來港時，請代為致意。
耑此，即請
近安
端　八月五日
你說我用金詠霓畫的魯迅先生像，我倒記不清了，我因病記憶銳減，我記得請黎雄才先生畫過魯迅先生像，中國畫，很有氣勢。如蒙你能複製寄我，深感。麻煩你處，甚多，實在過意不去。請諒！
端木蕻良這封信，主要談《時代文學》。
《時代文學》創辦於一九四一年六月一日，由時代批評社出版。雜誌封面雖然印着「周鯨文．端木蕻良主編」，實際工作卻是端木蕻良做的。周鯨文只是掛名而已。

端木蕻良編的《時代文學》，內容豐富，形式優雅，有一定的重要性。單是創刊號，撰稿人就有巴人、林淡秋、史沫特萊、楊剛等。至於形式，讀過這封來信後終於知道《時代文學》的版面都是端木蕻良設計的，不僅目錄裝幀由他製作，連各個人像也是他畫的。

此外，端木蕻良在信中還告訴我：(一)他用「金詠霓」名字為蕭紅的長篇小說《馬伯樂》畫過兩幅插圖；(二)他用「金詠霓」名字在《時代文學》第五、六號第七頁畫「魯迅先生像(指畫)」。

事實上，端木蕻良在信中提到的情況都是重要的資料，具高度參考價值，有助於研究者對《時代文學》的認識與了解。

端木蕻良在香港旅居的時日不長，卻為香港文學的發展做了不少事情，創辦《時代文學》就是一項重要的文學工作。

二〇〇四年六月八日

周鯨文先生談端木蕻良

H先生自美來信，要我回答兩個問題，關於端木蕻良的。我答不出，只好請教周鯨文先生。周先生戰前曾在香港創辦「時代書店」，並與端木蕻良合編《時代文學》，是留港的東北民主運動領袖。蕭紅患病，所有醫藥費全部由他負擔。端木蕻良與蕭紅留港期間，從周先生處獲得的幫助，很多。

以下是我訪問周鯨文先生的紀錄。我發問，周先生回答。訪問的日期是一九七六年一月三日。全文曾經周先生過目。

問：《時代文學》總共出了幾期？

答：創刊號於一九四一年六月一日出版，之後每月出版一期，到太平洋戰爭爆發為止，總共七期。

問：《時代文學》是周先生與端木蕻良合編的，在職務上怎樣分配？

答：那時，我事務繁重，又要集中精力編《時代批評》；《時代文學》的編輯工作大部分由端木蕻良負責。

問：端木蕻良除了編輯《時代文學》外，在《時代批評》上也發表過文章。《時代批評》第四卷第七十九期的「收復失地專號」上，他發表過一篇〈民主建國與復土抗戰〉。他在《時代批評》上發表過多少篇文章？

答：記不清了。不過，一九四九年三月我離開香港後，《時代批評》的編輯工作交給他去做。

問：周先生離開香港到甚麼地方去？

答：北京。

問：端木蕻良後來也在北京，你在北京見過他嗎？

答：沒有。這件事，直到現在還使我感到困惑。我在北京的時候，許多老朋友像《混沌》與《邊陲線上》的作者駱賓基等，都曾見過，就是沒有遇見過端木蕻良。我不知道他為甚麼不來找我。

問：端木蕻良在北京時擔任甚麼工作？

答：聽說在市黨部做事。

問：周先生辦的時代書店出版過端木蕻良全部著作？

答：時代書店出版的書很少。這個書店是為發《時代批評》才創辦的。

問：在端木蕻良的著作中，你認為哪一部最好？

答：《科爾沁旗草原》是他的代表作。在這部作品中，他採用了電影剪裁手法。

問：太平洋戰爭爆發前，端木蕻良在重慶復旦大學執教；《文學月報》也有意請他擔任編輯，生活相當安定，為甚麼跑到香港來？

答：那時候，我曾發表過幾篇有關人權問題的論文。根據這一點，我相信端木蕻良決定離開重慶到香港來，主要因為一九四一年「新四軍事件」前後的政治氣壓太低。

問：端木蕻良與蕭紅來港後，怎樣克服生活上的困難？

答：起先，他們在《星島日報》上寫稿。蕭紅的《呼蘭河傳》就發表在《星島日報》的副刊裏。後來，他們在《時代批評》上發表文章。端木蕻良擔任《時代文學》的編輯工作後，生活就更安定。

問：端木蕻良與蕭紅在香港時，住在甚麼地方？

答：住在九龍尖沙咀樂道八號。那樓宇早已拆卸，可能改建總統酒店（現名凱悅酒店），就是這一帶。

問：H先生從美國寄來一封信，要我回答兩個問題；我無法回答，只好請教周先生。第一個問題是：很多紀念蕭紅的文章都罵端木無情，不知端木給你的印象怎樣？

答：（尋思片刻）這……這很難講。

問：他的為人怎樣？

答：端木有些大孩子氣，偶而會撒一下嬌。

問：他是不是不大合群？

答：有些人總是嘻嘻哈哈的，喜歡在別人面前表現自己。端木蕻良不是那種人。他給我的印象是：性情不太隨俗，落落寡歡。

問：恃才傲物？

答：像他這樣有才氣的人，成名之後，無意中露些傲態，是免不了的。

問：另外一個問題是：《大時代》裏的丁寧是位大少爺，一九三三年曾去過青島玩過，手面闊綽。這種情形，與〈鄉愁〉裏的男主角（端木本人）在北平當學生，生活很清苦，顯然是矛盾的。這是甚麼理由？

答：小說家在小說中所描述的，總會帶點誇張，未必全是事實。

問：駱賓基的《蕭紅小傳》中，說蕭紅在瑪麗醫院養病時，端木蕻良曾打電話給

你。你到醫院去探望蕭紅時，答應負擔蕭紅的醫藥費，要蕭紅寬心養病，你還記得這件事？

答：記得。蕭紅最初進醫院，為了醫治痔瘡等症；經醫生檢驗後，才知道患了肺結核。以後留院，為了呼吸新鮮空氣，醫生要她睡在騎樓上。

問：太平洋戰爭爆發後，端木蕻良與蕭紅的境況必定更加狼狽。你怎樣幫助他們？

答：我想起一件事來了。戰爭正在進行中，有一天，端木蕻良和于毅夫先生用帆布床把蕭紅抬到我家裏來，使我感到意外。那時候，我住在港島連合道。附近有英軍高射炮陣地，因此成為敵人轟炸的目標。那時我家住滿了逃難的親友，連車房都住滿了。這種環境不適宜病人，我叫他們去住中環思豪酒店（現已拆掉改建），開支由我負責。以後，又搬到斯丹利街時代書店宿舍。

問：留港期間端木蕻良與蕭紅的感情好不好？

答：我總覺得兩人心裏有些隔閡。

問：駱賓基在《蕭紅小傳》中，說日軍攻陷香港後，正在病中的蕭紅曾經對友人說過這樣的話：「端木是預備和他們突圍的，他從今天起，就不來了，他已經和我說了告別的話。」此外，蕭紅還表示不能跟他共患難。依你看來，端木蕻良這種打算有充分理由支持嗎？

答：端木初時，有突圍的打算。後來因蕭紅的病日漸加重，改變了主意。

問：蕭紅病重，端木蕻良站在床側哀哭，而且對蕭紅說：「一定要挽救你。」從這一點來看，端木付給蕭紅的感情並不虛假。你的看法怎樣？

答：兩人的感情基本並不虛假。端木是文人氣質，身體又弱，小時是母親最小的兒子，養成了「嬌」的習性，先天有懦弱的成分。而蕭紅小時沒得到母愛，很年青就跑出了家，她是具有堅強的性格，而處處又需求支持和愛。這兩性格湊在一起，都在有所需求，而彼此在動蕩的時代，都得不到對方給予的滿足。

問：他是不是經常看電影？平時喜歡做些甚麼？

答：他喜歡看電影，如得志趣相投的人，他也很愛聊天。

問：端木蕻良在《時代文學》發表的長篇小說《大時代》，有沒有完成？

答：我不記得。

一九七六年一月四日

第四輯

關於端木蕻良的通信（一）：與夏志清先生的通信

❖

【一】

以鬯先生：

一九七〇年春季曾由程靖宇兄介紹認識，可惜無機會作深談。最近拜讀〈補《補遺》〉文，對吾兄藏書之富，抗戰時期這段文學知識之廣博，深為佩服。尤其兄特別花時間寫文賜教，感激莫名。可喜者，拙文刊出後，港大張曼儀女士即航寄弟《大時代》首三章（該小說副題應作「人間傳奇第五部」，大文作〈人海傳奇〉，想誤記）；最近知道胡風編的《七月》香港已有人重印，耶魯友人某已把端木在該刊發表諸文影印寄我，虧得兄提醒我，否則這些篇東西不易看到也。《大時代的小故事》弟早已見到，批文中未提及。兄和端木想無深交，不知此人給您印象如何？很多紀念蕭紅的文章都罵端木無情。此人的確當過兵，但一九四〇年後作風改變，不諱言自己出生大地主家，而且《大時代》裏的丁寧的確是位大少爺，想來一九三三年端木曾去青島玩過，手頭很闊。而早期小說〈鄉愁〉裏的男主角（端木本人），在北平當學生，生活很清苦。這些小說裏反映端木生活自相矛盾之處，不知兄有何高明看法，請不吝賜教。

在港期間，端木同周鯨文先生來往最勤，不知兄有無周先生地址，弟有意寫信去請教。近讀〈東北區天安門郵票〉大文，兄所知之廣，實驚人。匆匆不盡，專頌

著安

弟夏志清拜上

十月二十六日

[二]

志清先生：

惠書敬悉。四年前，兄回港度假，曾兩次晤面，先由金庸兄介紹相識，在豪華樓，後在徐訏兄家中共進自助餐。

大作 *A History of Modern Chinese Fiction, 1917-1957* 早已拜讀。此書異他人之所同，頗多獨到之見，足證高才博學。

弟與端木蕻良並不相識，對其為人偶有所聞，不甚清楚。知兄為學謹嚴，敘事必求其實，不敢亂下斷語。

據友人說：周鯨文刻在日本參加「亞盟」會議，月底或可返港。屆時，當求一談。談話所得，倘具參考價值，必盡快奉告。

王任叔有一文評論《科爾沁旗草原》，知者不多，未審兄曾讀過否？此文雖具偏見，亦有沉深之處。他對《草原》的評語是：

「莎士比亞的華麗＋拜倫的奔放＋道斯托以夫斯基的顫鳴＝直立起來的《科

爾沁旗草原》——一種印象的現實主義的作品。」

兄同意此種看法不？如需要此文，請示知，當影印一份空郵寄奉。恭祝

聖誕並賀新禧

弟劉以鬯頓首

一九七五年十二月八日

❖

［三］

以鬯吾兄：

來函拜讀已久，一直想去圖書館查一查巴人的著作，其中有無論「科爾沁旗」的評文，免得吾兄花時間代我影印文件。此事今天下午才辦成，發現哥大library似無此文，只好請您影印此文，航郵寄弟，預先道謝。弟教書鐘點不多，這學期休假，看來時間更多，不知怎樣總是忙不過來。

《科爾》改本頭三章改得比原本好，後來越改越壞，因不可能對丁寧表同情

也（他的場面刪縮甚多）。此書可以改寫成傑作，未改成，很可惜。弟擬寫二文，一專論《科爾》，一為端木評傳，二月中開始可寫定稿。拙著《小說史》蕭軍評得太苛，蕭紅未提隻字，遺憾莫名。蕭軍巨型小說《過去的年代》最近才買到，當好好評它一番。

周鯨文先生想已返港，如能見到，請他告弟有關端木一二，尤其關於他的為人，拜託。他生長於何處（昌圖 or 梨樹），學名為何，亦請一問：他酷愛 Balzac，Balzac 中文本不多，不知端木能讀法文原著否？抗戰前 TM 曾同音樂家某同住亞爾培路，不知周先生知其人否？他同周家小姨的戀愛故事亦請告一二。

端木文字，《大江》某些部分最好，寫《科爾》時文體尚欠成熟。他是公子哥兒，受托爾斯泰影響比 Dostoevsky 大得多，因為他自己有過《復活》男角那種犯罪感也。但，王任叔算是中共評家裏最有學問的，可惜早被清算了。今晚大除夕，特向吾兄賀年，並祝

著安

弟夏志清上

一月三十日

❖

[四]

志清兄：

一月三十日來示，敬悉。周鯨文先生已晤及，所談內容，全部紀錄在訪問記中，隨函附呈。此文刊於《益智》第三期（一九七六年二月八日出版），原題〈周鯨文談端木蕻良〉，刊出時竟被改為〈端木蕻良與蕭紅〉，內文也有增刪，可嘆！香港文人都不願從事嚴肅的研究工作，這是原因之一。

巴人的〈直立起來的《科爾沁旗草原》〉，並未註明寫作年月。此文收在《窄門集》中，《窄門集》於一九四一年五月出版。

兄對端木改寫《科爾沁旗草原》的看法，很對。端木改寫《草原》，只求適應政治氣候，無意增加文學的華美。

關於端木承受西方文學的影響，弟最近已寫就一短文，交此間另一雜誌發表，月底可刊出。端木曾勸人學習托爾斯泰與巴爾札克。毫無疑問，他是一個Tolstoyan。

巴爾札克作品的中譯，為數不會太少，最早曾有林紓譯的《哀吹錄》，《小說月報》「法國文學研究專號」中，胡仲持曾翻譯他的〈劊子手〉，即使抗戰期間，也有穆木天譯的《從兄蓬斯》與諸侯譯的《偽裝的愛情》出版。至於三十年代出版的巴爾札克中譯，因手頭缺乏資料，無從查考。在我的記憶中，《歐也妮．葛朗台》、《高老頭》等好像都有中譯的。

過幾天，當設法與周鯨文先生取得聯繫，請他答覆所詢各點。周曾對我說：他對端木的過去也不十分清楚。

端木有個妹妹，早死。不知端木在〈初吻〉、〈早春〉或其他文章中有沒有提到她？如有，請告我。此間圖書館並無「文學創作」。

以後有甚麼事需要我做的，請勿躊躇，儘管來信通知，只要做得到，一定做。

上周，在「辰衝」購得 *A History of Modern Chinese Fiction*（Second Edition）。此書經修改後，更為完善。不過，關於老舍的《四世同堂》，不知兄是否肯重新考慮？愚見以為：這部百萬字的長篇不是沒有文學價值的。

匆此，敬頌

著祺

弟劉以鬯頓首

二月十日

❖

【五】

以鬯吾兄：

二月中旬收到大函及附件，至感。周鯨文不肯多講，巴人論《科爾沁》當為該書出版後第一篇書評，頗有歷史價值，二文煩影印航寄，謝謝。弟兩月來大忙，寫了一篇英文、兩篇中文（〈陳若曦小說〉、〈勸學篇〉想兄已見到），朋友信只好擱着不覆，連兄信今日才道謝，望不怪。《大任》端木蕭紅專號，有兩位美國朋友影印給我，兄不必再寄，兄大文精彩，可惜未見下文，三四（？）月號續文可否請寄弟，謝謝。文中提及《科爾沁前史》，此文弟未聽過，到 library 一查，哥大藏有《時代批評》，即把該幾期借出，因弟忙，尚未讀。想不到去年兩篇論端木文，竟引起社會注意，出人意料也（施本華係台大高材生，施淑女、施叔青、李昂皆其妹，在加拿大）。弟再寫一篇中文，即要把《科爾沁》論文修改好，再寫《端木評傳》。弟從事此項研究已兩年於此，希望有空把二蕭論文也寫出。〈初吻〉、〈早春〉二文極見端木之才，其中一文盡一日之力寫出，真不容易。弟當把二文Xerox，明日航寄兄，兄考證端木家世，此二文頗有用也。

弟《小說史》二版，增添些材料，但改動不多，按理想，丁玲蕭軍章得重寫。《四世同堂》寫時憑當年印象，久未重讀，不知何日有暇，再讀一遍。兄愛此書，不妨寫篇評論，何如？弟覺得藍東洋、大赤包諸人皆係caricature，不真，也減弱了小說的力量。承告Balzac中譯多種，甚感。兄記性好，弟不如也。

匆匆即頌

撰安

弟志清上

五月五日

❖

〔六〕

志清兄：

手示與端木的〈初吻〉與〈早春〉早已收到，非常感謝。前些日子，又找過周鯨文，將你的問題向他提出，所得答覆如下：

（一）問：端木生長在何處？昌圖或梨樹？
答：想不起了。（他叫我查地圖）

（二）問：學名為何？
答：不知。

（三）問：你與他在一起時，怎樣稱呼他？
答：叫他端木。

（四）問：端木能讀法文否？
答：大概不能。他是在國內受教育的。

（五）問：抗戰前，端木曾與音樂家某同住上海亞爾培路，不知周先生認識此音樂家否？

答：如果是馬思聰的話，認識。

（六）問：他與周家小姨的戀愛經過是怎樣的？

答：姓周的？不知道是周寶琳，還是周榆瑞？

這些答覆都是相當含糊的，看來周對端木的過去也未必清楚，不是不肯講。關於端木的本名，趙燕聲說是「曹之林」，應該是可信的。端木在〈永恆的悲哀〉一文中引述魯迅寫給他的信。魯迅將他稱作「曹之林」。《魯迅研究資料編目》頁一三三，有「致曹之林（端木蕻良）三節」一句，「琳」字諒係「林」字之誤。

至於端木能否讀法文，我不能完全接受周鯨文的看法。在《新都花絮》中，端木寫過一句法文：「Vos passions vous perdront ...」。（頁一八四）最近，香港翻版商鑒於注意端木的人越來越多，已將端木大部分著作翻印出來。《新都花絮》、《風陵渡》、《江南風景》等都有翻版，不知兄需要否？如需要，請示知，當即寄奉。

《科爾沁旗草原》論文諒已改好，何日出版？《端木評傳》已着手否？

此間有一家出版社有意將弟在過去一年間所寫有關端木的十幾篇蕪文印成單行本，因感分量不夠，擬將大札也收在集內，以實內容。大札所談，都與端木有關，喜歡研究端木的人，必感興趣。

《大任》續稿，隨函奉上。另有拙作兩篇，請指正。

專此敬頌

著安

弟以鬯頓首

中秋

［七］

以鬯兄：

中秋節寫給我的信及大文三篇，至今未覆，罪過罪過。上星期收到你的賀卡，更使我感到慚愧。去年夏初去台一趟，八月間內人又去了台北一趟，我在家裏照顧孩子，等於浪費了兩星期。開學後又忙別的事情，端木的研究有半年未動，想想自己覺得說不過去。現在年節的應酬忙過，方有空修改那篇《科爾沁旗》的論文，並動手寫《評傳》，希望寒假裏至少把《評傳》二稿寫好（以前寫初稿，材料不全）。有人來approach我，要我出版本端木的書，我想還是把材料緊縮成「抗戰小說史」的一章好，這樣收效更大（指對洋讀者而言）。兄有意把論端木文字集起來，出本書，當然很有意思。弟函當然可以照登，只要信中如有誤字把它改正就好了。我們的correspondence，至少告訴讀者，還有些值得研究或尚未解決的問題。希望大陸改觀，我們直接能同端木通信最好。

兄評〈渾河的急流〉，極公允。《憎恨》裏的幾篇小說，寫得實在好，要比同時期茅盾、老舍的短篇好得多，蕭軍的中篇〈羊〉倒是篇傑作。〈西洋文學對端木的影響〉文提出幾點，很值得注意。兄對 Tolstoy 讀得很熟，托翁的自傳《童年》、《少年》、《青年》我一直未讀過，必有可借鑒的地方。〈地主的早晨〉（想是短篇）我以前連聽也未聽到過。我曾把 Dostoevsky 的大部分著作都讀了，Tolstoy 看得實在不夠多。謝謝你提醒我《魯迅書簡》裏的材料，有了這個證據，至少端木的名字不成問題了。

端木想來是懂法文的。他幼年即這樣聰慧，多學一種外國文，想不吃力。港地翻印端木著作我已都有，唯舊版《科爾沁旗草原》似尚未重印，頗可憾。中共版《草原》只有丁寧未出場前，文字改得更清楚，故事性也增強，後來刪改太多，已失去原著精神。兄有意，不妨託書店把舊版重印，並校閱改正錯字，如何？這樣也算對得起我們一位作家。

書如已印出，請即寄我。如尚未印出，請即將《大任》續稿及其他有關端木近文寄弟一閱，不勝感激之至。弟越多讀三、四十年代作家，越對他們表同情。上星期寫了篇論文〈人的文學〉，寄《聯合報》，兄在香港想也能讀到。新文集即以《人的文學》為標題，出版後，當囑林海音直接寄兄一冊，請指正。

又，兄自己或友人間有無吳組緗《山洪》小說？如有，可否影印寄弟，印費及郵費當寄還。此書弟認為值得重印，港地書店如有哪一家肯重印，最好。

匆匆不盡，早已寫的覆信，到今晚才寫，實不應該。以後通信，當力求勤快。

即頌

年步

弟志清拜上

一九七七、一月二日

❖

【八】

志清兄：

一月二日惠示早已收到。遲覆，因為要找吳組緗的《山洪》。馮平山圖書館沒有這本書；市政局圖書館也沒有。問過幾位藏書家與舊書商，也都搖頭。昨天與創作書社老闆許定銘通電話，問他有沒有《山洪》，回答竟是：「最近剛收到。」我要求他為我影印一本，他不肯，說這是「書種」，要留作翻版用。我問他：「甚麼時候可以印出？」他說：「最快要過兩三個月。」這樣，只好再等兩三個月了。該書出版後，立即寄奉。

〈地主的早晨〉確是托翁的短篇，主角是個年輕的地主，巡視莊園時看到農民們的貧困，很想做些合理的事情，企圖與農民打成一片。但，事實證明這種理想不切實際，因地主與農民是對立的。——小說所述，與端木在《科爾沁旗草原》中所表現的，有點近似。

想找舊版《科爾沁旗草原》已有多時，知道一位李先生藏有此書，託人去借，竟遭婉拒。由於翻印三四十年代新文學作品可獲厚利，大部分舊書已成奇貨，研究新文學的人在尋找材料時遭遇的困難，遠超想像。

大作《人的文學》尚未拜讀。報館人多手雜，《聯合報》不全，唯有等單行本了。

拙作〈對倒〉（短篇小說）由本橋春光譯成日文，收入《現代中國短篇小說選》內。該書已於月前出版，曾在友人處見到。書寄到後，當奉上一冊。至於有關端木的短文，為數不多，已交書店付梓，出版後立即寄奉。

此覆即頌

著安

弟以鬯頓首

一九七七年二月十四日（農曆年廿七）

❖

［九］

以鬯吾兄：

收到近信，很高興。吳組緗《山洪》即將翻版，總是好消息。吳氏描寫能力極高，寫皖南人口語也逼真，惜書中宣傳共產思想太多，為敗筆耳。香港書商歡喜不聲不響出書，其實稍花些本錢，請專家為影印本寫序，先刊報章，一定更受人重視，不必專靠美國圖書館訂購，訂價可較便宜而獲利大，兄見到較熟的書商，可提醒此點，看他們反應如何。兄新文集及《山洪》出版後皆承代寄，不勝感謝。《科爾沁旗》也將重印在即，也是好消息，碧野、田濤等之作品，不知有無重印，舊本尚能買到否？有暇請一問，謝謝。

哥大學生 Edward Gun 在港作研究，專研抗戰期上海作家，已見到宋淇、姚克、黃俊東諸人，弟近信囑他找兄請教，他如來拜謁吾兄請多加指點。〈人的文學〉文《聯合報》不敢登。拙文專講胡適、周氏兄弟，竟遭忌。現已由聯副轉交《中國時報》，不知會不會發表。《明報月刊》二月初弟亦寄了一份，發表與否，隨胡菊人便。《人的文學》單行本三月初應該出版了。

吾兄小說，《世界日報》在連載，讀者必多。〈對倒〉選入日文《中國短篇小說選》必為佳作，承賜譯本，甚感，但弟不諳日文，最好能看到原文，如已收入集子，亦請寄一冊，為禱。

叩頌

春安

弟志清拜上

二月二十八日

關於端木蕻良的通信（二）：與端木蕻良先生的通信

❖

【一】

蕻良先生：

潘耀明兄回國旅行，我託他向先生致意，從一九三六年讀〈鸑鷟湖的憂鬱〉起，我一直是先生的讀者。我認為先生是五四以來最重要的小說家之一。一年前，因為海外部分新文學研究者對先生缺乏應有的認識，我寫了一本小書《端木蕻良論》。耀明兄自京返港，將尊址告訴我，使我能夠冒昧寫信給您，並將拙作空郵寄上。先生讀了拙作後，請給我一些意見。

三、四十年代出版的新文學書籍，湮滅得太快。研究新文學的人，在收集資料方面遇到的困難，遠超想像。多年來，我一直在蒐集先生的著作，雖已得到不少，但已知而未得或根本不知者仍有很多。現在，我將先生著作年表草稿隨函附奉，請於百忙中抽空改正，並將未列的作品填入後擲還。這樣，對我所做的研究工作會有很大的幫助。

先生曾在〈永恆的悲哀〉中提到大作《紅糧》，不知該書是否即《科爾沁旗草原》？先生的筆名「蕻良」是否暗指「紅糧」？

有一位名叫 Howard Goldblatt 的美國教授寫了一本《蕭紅評傳》（英文本），於一九七六年由 G. K. Hall & Co. 出版。如先生要看，請即示知，當複印一本寄奉。

先生的覆信，將使我得到最大的喜悅。誠懇等待先生的覆信。

專此，敬頌

著安

劉以鬯上

一九七八年九月廿三日

【二】

蕻良先生：

袁焯先生帶來口信，知道先生已收到我的信，但沒有收到拙作。現在，我將拙作拆散，當作信件分別寄奉，收齊後，根據頁碼，仍可釘成一本書。好在此書甚薄，僅一百四十頁，分五六次，應可寄齊。弟才疏學淺，書中定多謬誤，請指正。

敬頌

著安

劉以鬯上

十一月六日

〔三〕

以鬯先生：

手示及惠書皆收，因病遲覆，請諒。今遵醫囑，禁我過勞，因之不能一一作覆，當承原宥。先生自一九三六即收集拙作，致力勤懇，深為感謝。有的書目我已忘卻，我正如熊瞎子豸番（編按：似為「掰」）苞米，一路往前趕一路丟。如您論及我談《紅樓夢》文，解放前我曾在貴陽青年會作過《紅樓夢》八講，我追憶許久，未能想起發表於何刊。我最近正寫歷史人物小說《曹雪芹》，十月廿二日承上海《文匯報》相約發表短箋，曾道及此事，可找來一閱，尚希指教為幸。

甚盼將 Howard Goldblatt 的《蕭紅評傳》見惠，無任感盼。其他有關書刊，亦請時為惠寄，餘不一一。

順此，即候

撰安

端木蕻良
十月廿九日夜

《紅粮》（編按：「粮」為「糧」的簡體字）係另一長篇，余因生活顛沛，幾個長篇都未能卒篇耳。又及。「蕻」字魯迅先生解為「雪里蕻」，是矣。再及，耀明先生希代候。

❖

［四］

蕻良先生：

惠函敬悉。謝謝。多年來一直希望能夠與先生通信，終於如願以償，非常高興。

Howard Goldblatt（葛浩文）的《蕭紅評傳》另函寄上，因頁數較多，分兩次寄。讀後，望將感想見告。

其他有關文字，自當陸續寄上。

拙作《端木蕻良論》初版僅印二千本，已售罄，書店無意再版。我打算多寫幾篇，交給另一家出版社出增訂本。

出版《端木蕻良論》的書店，最近出了一本《端木蕻良選集》（見編注一）。此書〈前言〉一部分根據拙作寫成。您收齊《蕭紅評傳》後，當續寄此書。

關於傳記資料，雖有《科爾沁前史》可以參考，我還是希望您能將出生地點與年月、原名、小名、學名、別號、筆名（除端木蕻良外）及學歷告訴我。

聽朋友說，您曾在此間《星島日報》副刊發表過一個長篇，後來改編為電影《水上人家》。我查閱合訂本，只找到〈海港復仇記〉。不知道是不是這個短篇？

拙作〈端木蕻良看《紅樓夢》〉係讀了〈論懺悔貴族〉之後寫的。〈論懺悔貴族〉刊於《時代批評》第六十九期。

您寫《曹雪芹》，一定可以寫得很好的。（這是大喜訊。）

上海《文匯報》，此間不易見到，正託朋友尋找中。

匆匆奉陳，順頌

著安

劉以鬯上

十一月十八日

隨函奉上拙作兩篇：（一）〈蕭紅的《馬伯樂》續稿〉；（二）〈除夕〉。〈除夕〉寫曹雪芹的最後，係九年前舊作，已收入短篇集，請指正。又及。

編注一 這本選集為梅子所編，香港文學研究社一九七八年出版。內收短篇小說：〈鷥鷺湖的憂鬱〉、〈爺爺為甚麼不吃高粱米粥〉、〈遙遠的風砂〉、〈渾河的急流〉、〈風陵渡〉、〈螺螄谷〉、〈可塑性的〉七篇；散文：〈在草原上〉、〈花一樣的石頭〉、〈傳說〉、〈節日〉四篇。書前有編者一九七八年二月二十八日撰寫的三千多字〈前言〉。

❖

【五】

以鬯先生：

葛浩文先生《蕭紅評傳》全部收到。至謝至謝！《端木蕻良論》請續寄。我最近病又加重，看書一過十幾分鐘，便發病。所以看寫都不能如意。關於《馬伯樂》續集，因為我未見「重慶大時代」版，因此不能判斷，待閱讀後，即可告知。山東大學編作家詞典有我一小傳，稍加改動，附上。我的小名，是蘭柱，大概是攔住的意思。金詠徵是為《小城三月》插圖用的筆名，「小城三月」四字是蕭紅親筆。按時間這是她最後作品。我的筆名是金詠徵還是金詠霓，只用過這一次，我記不清了，請核對。望舒在編星島副刊時曾代美 *Story* 約我寫長篇，我未答應。除《大江》外我未寫另一長篇。下次再談，匆匆，即頌

撰祺　病又犯，請諒！

端木

一九七八・十一月廿八日

❖

【六】

蕻良先生：

十一月廿八日手教謹悉。承賜傳記資料，謝謝。這篇資料，字數雖少，卻很重要，對我所作的研究工作，極有幫助。（文中〈遙遠的風砂〉之「砂」字寫作「沙」；〈渾河的急流〉之「急」字寫作「激」。不知何故？）我仍在研讀並蒐集大作，希望集到足夠的材料時能夠寫一本《端木蕻良傳》或《端木蕻良評傳》（見編注二）出來。我知道：為您寫傳記，我不是適當的人。不過，您的幫助也許可以彌補我的不足。目前，在海外蒐集有關的資料，相當困難。比如：〈幾號門牌〉與〈上海潮〉，我以前聽也沒有聽過。您不提，我就不知道了。海外圖書館雖多，想找這兩篇發表於三四十年前的小說（特別是發表在桂林報紙上的〈幾號門牌〉），等於海底撈針，難到極點。（您的〈紀念蕭紅向黨致敬〉，是在西德圖書館找到的。）您正在帶病撰寫《曹雪芹》，我不敢要求您給我太多的幫助。

您寫《曹雪芹》，是文壇的重要事情，應該讓海外讀者知道的。但是，截至目前為止，我還沒有找到十月廿二日的上海《文匯報》。不知道能不能請別人抄寫一份寄給我？

重慶大時代版《馬伯樂》有沒有找到？該書有沒有包括續集？《時代文學》第五、六號有一頁廣告，係「香港時代書局」刊登的，《馬伯樂》下面註有「上集已出」四個字。

戴望舒先生，我也認識。一九四六年我辦的出版社曾出過他譯的《惡之華掇英》。《端木蕻良選集》一冊，已另行寄上。隨函奉上《大拇指》半月刊半頁，內有介紹該書之短文一篇。

請告訴我：您是何月何日誕生的？生肖？

匆此敬頌

撰安

以鬯上

一九七八年十二月廿日

編注二一　所云《端木蕻良傳》或《端木蕻良評傳》，終未見完成。

❖

〔七〕

蕻良先生：

大作〈寫在蕉葉上的信〉已由此間《新晚報》轉載，不必寄給我了。這是一篇好文章，鞭辟入裏，擲地有聲。尤其是「他發現，所以他叛逆」的看法，非常重要。我急於要讀《曹雪芹》了。如果可能的話，請告訴我，這部小說甚麼時候可以問世？

匆匆　敬頌

著安

以鬯上

一九七八年十二月廿五日

❖

〔八〕

以鬯先生：

兩信及寄書皆收，至為感謝，尊著《端木蕻良論》仍望寄來，以求全璧。今晚為本年最後一個夜，燈下作覆亦一樂事，敬祝新年康樂。我也正因趕寫《曹雪芹》，有此（編按：似為「些」）東西來不及作覆，因為冠心病纏身，不能很好工作，只得見縫插針來搞。

承問生肖，我是一九一二生，屬鼠的。我的學名是曹京平，京是「莫可（編按：「可」似為「之」）與京」的「京」，平是「屈平」的「平」，也是起名的原意。蘭柱是我的乳名。我因病精神不濟，每一集中精神，即常發病，寫信亦然，故常有筆誤。如寄尊信中，誤作：「激」及「沙」，即其例也。知關心《曹雪芹》之完成，此文消息一出，謬蒙朋友及讀者口頭及函信問詢，紛至沓來，但願病不大犯，早日完成，以符雅望耳。順頌

新禧

端木
一九七九、一月一日

❖

〔九〕

蕻良先生：

手書敬悉。承賜鍾汝霖先生之〈反帝愛國女作家蕭紅〉，謝謝。此文資料豐富，極有用處。文中所提〈五行山血曲〉我沒有見過，不知最早發表於何處？便中請示該書出版年月及書店名稱。

隨函奉上拙作《端木蕻良論》第二部分；第三部分另信同時寄出。拙作謬誤必多，請指正。

匆此敬頌

著安

以鬯上
一九七九年一月十日

❖

【十】

以鬯先生：

《論》第二部收到，手示奉讀，關於你所提之文，所憾者，我唯有此文未能寓目，多年亦未搜集到，待查明再告。

既然，先生頗多有所聞，待我病稍佳，當繼續奉陳，以供採用。

今寄上《上海潮》開端，當時上海白色恐怖高漲，我即去香港，故而中輟。如先生感興趣複製下來，將原件賜回，我當再以他件奉上。因此件雖不足珍，但都為僅存殘稿，所以要麻煩些，請諒請諒。

我病中寫《曹雪芹》，雖經營數十年，但茲事體大，須有廣大社會大力支持，務期不負讀者之厚望焉！順此，即頌

近安

端

一月十五日

〈寫在蕉葉上的信〉德「國」作家應作德「語」作家，即《憂愁夫人》作者，他是瑞士人，用德語寫作。又及。

❖

【十二】

蕻良先生：

手示敬悉。讀到《上海潮》第一節，十分欣喜。此書語言生動，感力極強。一開頭就將我吸引住了，請將續稿擲下。

今天是農曆年初一，未能免俗，我在這裏向你拜年，祝你身壯力健，《曹雪芹》早日完成。

在現代小說家中，你對「紅學」最有研究。寫《曹雪芹》，沒有第二個人能夠比你寫得更好。

每一次寫信，總有一些問題求教。我想知道的事情，你若記得，告訴我一點；不記得，不必費神去查。最重要的是：集中精力將《曹雪芹》寫出來，千萬不要為了幫助我做研究工作，分了心。

大作《科爾沁旗草原》、《大地的海》、《新都花絮》、《江南風景》、《憎恨》、《風陵渡》，香港都有翻版，翻印者為「創作書社」。如需要，請示知。《大江》最近由此間「一山書屋」翻印，所用紙張較「良友版」為佳。春節過後，當寄奉一本。

除上述翻印本外，如需其他書報，亦請示知。

隨函奉上《上海潮》原件一頁及周鯨文之〈憶蕭紅〉，請檢收。

專此敬頌

著安

以鬯

一月廿八日

【十二】

以鬯先生：

信悉，所附各件亦收到。今天《大江》投到。《上海潮》剛改（編按：似為「開」）始，上海登不下來，我逃往香港，便夭折了。現在寄你拙作〈易卜生的一種透視〉，原件亦請寄回。我很想得到香港中文學院有關紅學的書，也想知道海外的有關資料，如有請告我。關於曹雪芹彩色塑像文我已有了，請勿寄。《廣角鏡》（十二月號），中共人物匯編（？）（第四期）都有記載陳賡文，請代覓一份為感！

承囑保持不要病劇，務期將《曹》稿寫成，至當珍重斯言，務期作到，待我寫完當有許多可以奉告者。史沫特萊在港生活時，我與蕭紅是唯一過從者。

春節佳勝！

端木

二月八日

〈青島之夜〉原文能為我抄一份否？

❖ 【十三】

蕻良先生：

二月八日手札奉悉，大作〈易卜生的一種透視〉亦已拜讀。文中「自由和現實是屬於大多數人的……」等語，雖為三十年前所說，今日看來，仍具積極意義。

隨函奉上（一）〈易卜生的一種透視〉；（二）〈青島之夜〉；（三）潘重規：〈讀列寧格勒紅樓夢抄本記〉；（四）張愛玲：〈初評紅樓夢——論全抄本〉；（五）〈陳賡將軍的青年時代〉三節。

（二）（三）（四）係複印，不必寄還。（五）仍在此間《新晚報》連載中（也不必寄還），不知需要否？如需要，當設法到報館去補購「之一——之八」，並剪下續稿寄奉。

有關《紅樓夢》的資料，當繼續蒐集。此間林以亮曾寫過幾篇關於《紅樓夢》的文章，你有沒有讀過？

請告我：（一）你在天津哪一間中學讀書？（二）在清華主修何種課程？（三）童年在甚麼地方讀書？學校的名字？（四）在〈記孫殿英〉中提到的長篇，是不是《龍門鎖的風砂》？為甚麼不寫？內容大概是怎樣的？

匆匆，敬頌

著安

以鬯

二月十六日

❖

〔十四〕

以鬯先生：

來信及稿都收到，極為感謝。穆文不必續寄，他是我鄰居，我可讀到全文。張文及其他有關《紅樓夢》文章，盼代為搜集擲下。茲再寄上〈評鄉土中國〉文，閱後請寄回，為感！

承問，簡覆如下：我於一九二二暑期至一九二三暑期在天津美國教會設立的匯文中學上學。後因經濟不濟，回家（昌圖）自學。一九二八來津考入南開中學初三三組，九一八因搞學生運動，被除名在北京自學。一九三二暑期考入燕京生物系及清華歷史系。我很喜歡生物，你從文章上可以看出，但當時清華設備比燕京好，才入清華。一九三二加入北平左聯，編機關志《科學新聞》。北平大破壞，逃到天津，寫《科爾沁旗草原》。我在昌圖時教我舊詩的語文老師名李載陽，後到瀋陽（？）講《紅樓夢》。小學在縣裏上的，一九二七在縣中學讀一年即去天津。

我在孫部隊，是糾合北京學生從軍去的。當時孫部是雜牌軍隊，甚至還有老「毅軍」的老兵，還有打過「白狼」的兵痞。也有死心塌地跟着孫殿英的，也有真心抗日的將領，也有政客，也有進步力量……擬題為《龍門鎖》，地名是真實的。總以生活不安定，沒能如願，正如《大時代》沒寫成一樣。本來，我還想寫《三城記》（上海、香港、重慶），結果也成泡影。

再說一兩句吧！孫是行伍出身，出身很好，也想抗日，兩方面都爭奪他，我們主張他打日本，北進。但由於一個叫XXX的，叫他打馬步英，擴大地盤，這正投合他的軍閥本性，孫決定西進，結果失敗。（XXX即韓麟綾，熱河人。）

不寫了，匆匆，即頌

近好

寫得草率，請諒！

端木

二月廿二日

清華大學歷史系，法語是必修課，但我未學好。因為我加入左聯，經常進城，後又逃到天津，沒有念完大學課。英文入學時，因為考分高，分配到外語系。邏輯是金耀林（編按：似為「金岳霖」）的學生。這是選課，我選了他的課。他是羅素的學生。

❖

【十五】

蕻良先生：

二十二日手示敬悉，謝謝。大作〈評費孝通《鄉土中國》〉亦已拜讀，卓見不凡。如果我的記憶不錯的話，這還是第一次讀到你寫的書評。

承告學歷，非常感謝。這些資料，對我很有用處。尤其關於你參加孫部隊的情形，使我對〈遙遠的風砂〉有了進一步的了解。〈遙遠的風砂〉是傑作，我一直想寫一篇評介文字，因為對它的了解不夠，不敢動筆。大作〈記孫殿英〉已讀過很多遍；不過，我仍想知道你是怎樣塑造煤黑子這個人物的？他的原型是怎樣的一個人物？

我仍在蒐集有關《紅樓夢》的資料。隨函奉上：

（一）四近樓：〈近代紅學的發展與紅學革命〉

（二）趙岡：〈程高排印本紅樓夢的版本問題〉

（三）宋淇：〈論冷月葬花魂〉

這些都是複印本，用不到寄還給我。以後寄上之資料，除非特別聲明，否則，都不需要寄還。

中文大學出版有關《紅樓夢》的專書尚未找到。過幾天，我會將胡菊人寫的那本有關《紅樓》與《水滸》的書寄奉。

匆此順頌

撰安

以鬯

三月八日

❖

〔十六〕

以鬯先生：

來信及稿皆收，深為感謝。茲寄上拙稿請正，不必寄回。

請煩代查《時代文學》第十二期（？）《小城三月》插圖作者的署名，是金詠徽（編按：似為「徵」；因在一九七八年十一月廿八日致劉以鬯信中，兩次都寫作「金詠徵」。）還是金詠霓？這圖是我畫的，筆名只用過這一次，所以記不準了，如查不到就算了，不必過於麻煩。此篇是蕭紅最後一篇小說，題目及簽字都是她的親筆，有人說三道四，如果我倆不和不睦，能夠合作嗎？另外，蕭紅給柳亞子題的詩，是這樣的：是她和我在武漢看月時作的舊詩，她平生只作過這兩句舊詩，這兩句是：「橋頭載明月，同觀橋下水。」柳亞子遺物，未曾散佚，這兩句詩還在。有人不明真象，當然也不足怪。順便提到這點，因為我最近既病且忙，對嚴肅的文章我不輕易動筆，有的就得靠後了。

至於「煤黑子」，另紙簡單說幾句。如天假我以年，我還真想把《龍門鎖的風砂》（編按：此篇也有稱作《龍門鎖的黑砂》的。見端木侄子曹革成編纂《端木蕻良年譜》一九三三年條，載《新文學史料》二〇一三年第一期。）寫出來呢，但願上帝保佑吧！

耑此，即請

近安

端木

三月十五日

《爭鳴》有談胡風問題的，望寄我可否？我與此人文藝思想早有分歧，但也幾乎被打成「胡風分子」。

孫殿英的雜牌部隊，吸收了各色人等。當時，他的部隊裏也有堅決抗日的中級軍官，有個叫作王虎臣的師長，就是很堅決的，他的兵紀律嚴明，很能打仗。

孫殿英本來是想保持實力，擴大實力。他是不想和日軍火拼的。他除了向其他隊伍擴大地盤之外，決不去惹日軍的。除非遇到遭遇戰，但他是應付一下，就轉移了的。但是這位王虎臣和他的部下就不同。煤黑子就是屬於他的部下的。

北方自清末就有被追捕的罪犯逃到礦裏去挖煤，煤黑子也是如此；他殺了日本人之後，就逃到孫部去當兵。在一次遭遇戰中犧牲了。這個形象對我是深刻的。我的心願太多，總是還不完。就是對您講述這個故事，也講不完。就是（編按：似為「此」）逮住，我想你會原諒我的，不會說我潦草塞責吧！

端木

三月十五日　北京

此間有人得一彩色照片，說是流傳到美國的「曹雪芹」塑像照片。此照片在我處。港中有關這個塑像的文章或消息請告我為感！又及。

❖

【十七】

蕻良先生：

三月十五日惠函及大作〈曹雪芹的樸素的唯物主義思想〉收到，謝謝。上星期，此間《文匯報》刊出〈不是前言的前言〉，亦已拜讀。這兩篇文章都有獨到的見解。

《小城三月》發表於《時代文學》第二期，不是第十二期。插圖繪製者的署名是「金詠霓」，不是「金詠徵」。這件事，證明你與蕭紅的感情並不如有些人所說的不和不睦。靳以在〈悼蕭紅與滿紅〉（編按：似為〈悼蕭紅和滿紅〉）一文中對你的批評是不公平的。他說：蕭紅從你那裏得到的是精神上的折磨。這種講法，必須加以糾正。不糾正，以訛傳訛，年輕的一代必會產生錯誤的印象。糾正這種不正確的講法，最好就是將更多的事實公諸於世。你為《小城三月》繪製插圖，就是一個很好的證例。《小城三月》是蕭紅最後的作品，那時她的健康情況已到了令人擔憂的階段，你們要是感情不好的話，你也不會為她的小說繪製插圖了。為了這個理由，我已將這件過去很少人知道的事情寫出來，登在《開卷》（第五期）上。

蕭紅最重要的作品，除《生死場》外，都是與你在一起時寫成的。梅林在〈憶蕭紅〉一文中說《呼蘭河傳》與《馬伯樂》「都不如她前期底作品富有生活實感和生活色澤，同時也彷彿失去了她自己原有的那種牧歌似的風格」，是因為她「容易受接近她底人的影響」。其實，說蕭紅「容易受接近她底人的影響」，也許是對的，說《呼蘭河傳》與《馬伯樂》「不如她前期的作品」，卻不對了。寫《蕭紅評傳》的 Howard Goldblatt，對這兩部小說均予以相當高的評價。Goldblatt 最近有信給我（說），除將《生死場》與《呼蘭河傳》已譯成英文外，還打算將《馬伯樂》譯成英文。他要我將《馬伯樂》續稿（即第二部）寄給他。

蕭紅的兩句舊詩，有力地否定了有些人的主觀看法，非常重要。你大概沒有讀過孫陵的〈蕭紅的錯誤婚姻〉與〈端木永作負心人〉吧？

關於曹雪芹塑像的事，經過情形是這樣的：《明報月刊》第一百五十期發表黃庚的〈曹雪芹故居之發現〉；該刊第一百五十三期發表「之二」；到了第一百五十五期，有趙迅者發表〈關於北京香山正白旗卅八號發現的題壁詩〉一文，證明「曹居」之說純屬訛傳。茲將上述三文及拙作〈石灣美術陶的香港市場〉一頁，隨函奉上。我收藏的曹雪芹塑像係石灣出品，目前市面已難見到，以前相當普通。不知你那張彩色照片上的「曹像」與我收藏的「曹像」是否相同？

《爭鳴》上一期（一九七九年二月一日出版之第十六期）有一篇談胡風事件的短文，亦隨函奉上。

承詳告煤黑子的原型，非常感謝。我會寫一篇評介文字的，希望能夠引起年輕讀者對這篇優秀作品的注意。

大作《曹雪芹》寫成後，一定要將《龍門鎖的黑（風）砂》寫出來。〈遙遠的風砂〉既然寫得這樣出色，《龍門鎖的黑砂》決不會不精彩。祝

健康

以鬯

三月廿七日

P.S. 讀《新華月報》（文摘版），在「報刊文章篇目輯覽」一欄中，知道你曾在十一月十二日的《北京日報》上發表〈追思——西諦先生逝世二十周年紀念〉，這篇文章能不能寄給我影印後寄回？

❖

【十八】

以鬯先生：

近因天氣失常，頗感不適，加之趕寫東西，遲覆請諒。〈追思〉附上請查收，不必寄回。葛浩文議（編按：似為「論」）文（在《南北極》）請能代覓寄下，無任感荷。孫文如有，亦請寄下一觀。其實有許多事情是很容易理解和判斷的。即以蕭軍為例，他在上海與黃源妻兩回發生關係，文壇許多人都知道。黃源對此頗為氣憤，但不願聲張耳。蕭紅本想在魯迅先生面前揭蕭軍之偽善，以先生病重，怕增加病情，僅對許先生說明，許先生雖未對魯迅先生明說，但亦有所覺察。如查魯迅先生日記亦可約略看出。許先生回憶文中：蕭紅在樓下談話，蕭紅不願返家，許先生只好陪她，忘記關樓上窗子，致魯迅先生入睡感冒，病勢加劇，此事蕭紅萬難想到。許先生以蕭軍對蕭紅不好，致有此萬想不到之後果……事情再清楚也沒有了。抗戰爆發，蕭紅在轉徙流亡之際，同時，也希望環境改變。蕭軍生活態度，也許可能有所好轉。誰知在臨汾時，蕭軍故態復萌，又與丁玲發生關係；臨汾淪陷，蕭軍從洛川入延安，回到西安，竟公然宣佈欲與丁玲結婚。其實，丁玲已與陳明發生關係。因當時丁玲要我和大家給她寫個劇本，我們寫了《突擊》，那時正上演。有一天，我正看戲，丁玲約蕭紅出去，蕭紅回來告我，丁玲告她此事，正欲回延安檢查。

我過去不願談及這些事情，但不如此，不能說明問題，所以連帶說明。

又比如：駱賓基何時來港？他到港後，生活無着，打電話給我。我和蕭紅都與他夙（編按：似為「素」）不相識。我接到電話，即去旅店將他接出。與周鯨文商量，安置他住在時代書店，我便在《時代文學》上發表他的《人與土地》。在香港戰爭爆發前夕，我帶他到九龍樂道家中，與蕭紅見了一面。未談幾句話，因蕭紅久已臥床。他便辭去。十一月七號（？）港戰爆發前，他打電話告我他即將回去，我留他幫助我。戰爭期間，一旦一個現代化的都市癱瘓了，沒個人手是不行的。他才沒有走。在十八天的戰爭中，我們先住思豪大酒家；思豪中彈，才移到山頂一座空出的別墅；此地又中炮火，又移到中環……生活屢遷，逃避彈火尚且不及，遑論及其他。聖誕節停戰剛結束，我即去養和醫院接洽，找李樹培大夫醫治。他說蕭紅已是喉結核，須開刀。我的哥哥脊椎結核，在北平協和開刀，彼時還未痊癒。那時，蕭紅還曾寫信問過他，因他在福壽嶺肺病療養院臥床養病，我們還曾計劃蕭紅能到此和他一齊養病。（他七、八年才封口）所以我不同意開刀。但李堅持開刀，說開刀才能有一線希望，否則沒有希望。蕭紅便說我不要婆婆媽媽的，她自己便簽字了。香港法律：病人自己簽字即可生效。開刀後，喉頭要插個管子，隨時吸痰。除我隨時去看她，便請特別護士，日夜護理，這時駱都不在。直到養和宣佈無望，我才想法把她送到瑪麗醫院搶治。但不久瑪麗醫院即宣佈為日軍野戰醫院，病人一律趕出，不得已我又接洽法國醫院，這裏有位法國老大夫，他精心治療，非常熱心。以前我還記得他的名字，願他永生天國！文革後我記憶力銳減，忘記了，但仍可打聽得出。但隨着戰爭擴大，法國醫院又改為野戰醫院，病人遷入聖士提反女校，這時條件就更差了……一月廿二日蕭紅就與世長辭了。這樣短的時間，駱對蕭紅所知如何？不問可知。

我因有長篇壓肩，不能細談。將來有機會再談。

還有一兩件小事，也麻煩你。我看到港刊一個題目，說我在桂林賣酸梅湯，如你查到能寄我，為感。這也是誤傳。賣酸梅湯是我的一位同鄉，張慕辛。本來賣酸梅湯也不是甚麼不可以的事，但張冠李戴，總是不好的。

葉靈鳳生前與望舒憑弔淺水灣蕭紅墓前時，曾拍照作紀念。當時有四人，他剪去一人。墓牌（編按：似為「碑」）是我寫的「蕭紅之墓」四個字，墨筆書，像（編按：似為「相」）片是他寄給我的。文革期間，許多東西損失，我因病無力清理。這個照片，是否尚在，不能確定。可惜靈鳳亦已謝世，如遇到他家人，也許還有復得到這照片的希望。

《曹雪芹》已刊出，也是借文匯板（編按：似為「版」）面徵求各友好、專家學者、讀友的意見的好機會。如承指教，不勝感激。

耑此，即請

近安

端

五月八日

❖

【十九】

以鬯先生：

承惠胡先生大作，《水滸紅樓與小說藝術》（編按：似為《紅樓水滸與小說藝術》），至為感謝！

我因病看東西稍久，即犯病，稍加涉獵，對胡先生稱曹雪芹創作方法頗為近代，此說最確，發前人之所未發。我以前曾有志將《紅樓夢》中「話說，且聽」字樣刪除，指寫法開近代先河而言，面目就更看得清楚。又如：「且聽下回分解」字樣等等，對《紅樓夢》來說，已無任何義意（編按：似為「意義」）。

胡文指玉喻欲極是。我們結論也許不同，但看法則一致。我以戴震、李贄、湯若士諸人哲學思想結之。在拙作《曹雪芹》後半部中即可揭出。

耑此，即問

近安

端木

六月七日

❖

【二十】

蕻良先生：

這一個多月，因為要為香港大學與中文大學舉辦的「青年文學獎」評選徵文；又要為理工學院舉辦的「文藝創作比賽」擔任評判，忙得連氣也透不轉。五月八日來信及大作〈追思〉早已收到，遲至今日始覆，乞諒。

大作《曹雪芹》在此間《文匯報》開始連載後，我逐日細讀。先生才思卓犖、學識淵博，這部小說的好處多得說不盡，每讀一節，我心裏總是這樣想：「寫得實在好。」將來此書完成後，必與《紅樓夢》同為不朽之作。

關於蕭紅的事，蒙示詳情，感荷之至。茲將大𤁋之〈端木蕻良賣酸梅湯〉及《蕭紅評傳》第一、二節隨函奉上，請檢收。《蕭紅評傳》在《南北極》連載，但已刊至第十一節，看來不久即可結束。其餘各節我會陸續寄上。

蕭紅之《生死場》與《呼蘭河傳》由葛浩文與 Ellen Yeung 譯成英文，已出版。葛浩文寄了一本給我，今天收到，全書二百九十一頁。《生死場》由葛浩文與 Ellen Yeung 合譯；《呼蘭河傳》由葛浩文單獨譯成英文。此書有一副題：Two Novels by Hsiao Hung，為「Chinese Literature in Translation」之一種。

「蕭紅之墓」的照片，請參閱隨函奉上之〈賣酸梅湯〉一文；但是那張四人照片到現在還沒有找到，不知道葉靈鳳的家人有沒有保存？

讀《海洋文藝》，知道大作《風陵渡》即將再版出書，甚喜。你還有許多短篇、論文、詩與散文都是寫得很好的，也應該整理後刊印單行本。

匆匆不盡，祝

著安

以鬯

六月十一日

❖

［二十一］

以鬯先生：

知您近來很忙，抽空來示，深以為慰。我因為要趕寫〈前言〉所以遲至今天，才得作覆，請諒請諒。

拙作《曹雪芹》承蒙謬讚，益增感奮，唯有精益求精，謹慎從事，以期不負厚望。現在這裏要先出上冊，我也只好答允。但上冊只是寫雍正元年，就寫了廿多萬字。因為要把以後的許多筆墨都伏下，還要倒述一些歷史根源，也是沒辦法的事。我想我再蠢，也不會每年的經歷都寫廿多萬字吧！《曹雪芹》幼年是毫無依傍的，寫時是有不少困難的，現在已闖過此關，並且得到廣大讀者的認可，這是給我最大的鼓勵，也可以說是「功不唐捐」吧！但願我把曹雪芹的青年時代以及後來遭遇，都能寫得差強人意。既不辜負曹雪芹，也不辜負廣大讀者的期望，但願如此。

葛文都收到，請緒（編按：似為「續」）寄。葛在諸研究者中，是很有見地的，也是有權威的。葉靈鳳家人和我不熟習。可惜靈鳳早逝為憾！彼來京時，曾約我相見，以陰錯陽差，致失交臂，頗以為恨。

我有些散佚的文章及其他，一時集不起來，因為原單位剪存及我自己收存（極不完全）者，近年都蕩然無存。最近承各方面搜集寄贈，也零星不全。奈何！

關於我賣酸梅湯，現有當事者寫文更正，請代為發表，為感。本來賣酸梅湯也是好事，當時還有人養豬哩，但也確實不治生理，沒有作過。想大蠻先生把我與張慕辛混同了。張慕辛已近卅年未通訊，他寄信給上海《文匯報》轉來才聯繫上，他記憶力還是很強的。如趕廟會，拉黃包車，他說了，我也記起了。

匆此，即請

近安

端

七月十二日夜

❖

〔二十二〕

蕻良先生：

手示敬悉。張慕辛先生的〈端木蕻良賣酸梅湯辨〉已交《明報月刊》主編胡先生。文章刊出後，當即寄奉。《明報月報》（編按：似為《明報月刊》）格調較高，為海外最受知識分子歡迎的雜誌。

隨函奉上《蕭紅評傳》之（三）、（四）、（五）、（六），請檢收。其餘六章，容後續奉。葛浩文可能於暑假來香港。屆時我會將《馬伯樂》續篇交給他。他有意將《馬伯樂》也譯成英文。

《曹雪芹》寫來精彩百出，處處顯露過人的聰明。

有幾個小問題向您請教：

（一）葉之林與葉之琳是筆名抑化名？

（二）《時代文學》「特約撰稿人」名單中的「翟詠徽」，是不是您的筆名？

（三）《時代文學》創刊號「人海雜言」一欄，有紅樓內史〈調寄西江月〉、倪朔爾〈白光的誘惑〉、唐曲郎〈可憐的秋香〉、莊生〈救火三昧〉、東方亮〈樒聯大觀〉、阮咸〈春末閒談〉、陶栗里〈姑惡篇〉、蒲梅齡〈醒世姻緣〉等，其中有您寫的嗎？

匆匆　順頌

著安

以鬯

七月廿四日

❖

[二十三]

蕻良先生：

前信及《蕭紅評傳》（三——六）想已收到。今續奉《評傳》（七——九）及張先生之〈端木蕻良賣酸梅湯辨〉，乞察收。張文刊於《明報月刊》第十四卷第八期（一九七九年八月出版）。

在一本舊書中讀到一篇文章，題目：〈最近的文壇〉，作者「余爽仁」，寫抗日戰爭期間的文壇動態，其中有如下的一段：

「戰後的新文學刊物，到現在依然存在的有《文藝陣地》、《抗戰文藝》、《文藝月刊》，最近擬恢復或新出的有胡風編的《七月》、端木蕻良編的《文學月報》、周揚編的《文藝戰線》。」

先生編過《文學月刊》（編按：似為上文所提《文學月報》）嗎？

匆匆 順頌

撰安

以鬯

八月四日

❖

【二十四】

以鬯先生：

因天熱不適，又加之以忙，遲覆請諒。我以前畫的魯迅先生如能複製，盼能寄下為感。《時代文學》目錄裝幀都是我製的。其中各個人像都是我畫的，包括魯迅、茅盾在內。那時，初到香港，港地文藝活動，似不如今日發達。尋取中外作家肖像，十分困難。我記得有的是從《世界文庫》精裝本扉頁上的小頭像模畫出來的，所以，很不全面。

「人海雜言」欄目，您舉的各篇，可能都是我寫的。但不敢每篇都肯定，因為手邊沒有原文可查。當時隨便起個名字，就發出去了。紅樓內史是我用的筆名，我還刻過一棵（編按：似為「顆」）圖章用此名呢！記得還有一篇〈重慶隧道大慘案〉是我寫的，屬名是「羅松窗」（？）。還有一篇〈素王贊〉，其中引用舊典，當時在香港因手邊無書（《論語》等書），是錯了的。大概那典是「佛肸以費畔」。因為後來發現錯了，所以反而記得住些。屬名：蒲梅齡、莊生、陶栗里、阮咸……是我寫的。

我用金詠霓名字為《馬伯樂》畫的兩幅插圖，一幅在啤酒桶上，一幅在邊角上，有拉丁字母近似「京平」的簽名，又像是「金霓」的拼音。

翟詠徽不是我的筆名。是微，還是徽，我也記不清了。她是搞英文的，當時，史沫特萊留給我的短篇，即由她議（編按：似為「譯」）出，我記得刊出一篇，其他尚未來得及翻議（編按：似為「翻譯」），太平洋大戰即起。隨罷。她是周鯨文小姨。

曹之琳、曹之林都是我收魯迅先生信用的。先是葉之林，因為居住我家兄處，本來姓曹，如郵遞員喊信，未免有些不符，隨改為曹之琳，後又簡化為林，也是想更接近一個普通收信的名字而已。

承您對拙作《曹雪芹》，時加鼓勵，不勝慌慚之至。我因實在並未寫完，又因疾病纏身，又不敢太趕，如果沒有我愛人鍾耀群協助，就不堪設想了。上月香港崑崙、鳳凰、長城有聯合把它製成電影之議。倩人與我接洽，我因為還未寫到他青年時代，實在無法應命。也有的朋友說像火燒紅蓮寺那樣連攝，也有人說像普希金傳那樣拍三部：少年、青年，和他的死。這三部片子以少年拍得最好，倒是真的。

上海與北京也都有此議，我覺得不易搞得好。

葛先生來港時，請代為致意。

耑此，即請

近安

端

八月五日

你說我用金詠霓畫的魯迅先生像，我倒記不清了，我因病記憶銳減，我記得請黎雄才先生畫過魯迅先生象（編按：似為「像」），中國畫，很有氣勢。如蒙你能複製寄我，深感。麻煩您處，甚多，實在過意不去。請諒！

❖

【二十五】

以鬯先生：

來示（編按：指八月四日的信）收到，遲覆請諒。

我在湘桂撤退之前，承應王魯彥之請，找我代篇（編按：似為「編」）他主編的《文藝雜誌》。當時，因為他生病很重，又加桂林就要成為前線，他要回茶陵老家養病，託我代管編務，所以我才答應下來。他說，改我為主編也好，我說不需要，希望他安心養病，將來健康恢復，仍由他來編。直到湘桂撤退前夕，魯彥便在山鄉僻野的茶陵逝世。湘桂撤退之際，我乘演劇四隊的火車逃出桂林。這段歷史便告一段落。

先此奉覆，餘容再談。

此問

近好

端木

八月十四日

❖

【二十六】

蕻良先生：

手示早已拜悉，遲覆為歉。

上月，葛浩文先生（Howard Goldblatt）來港，暢談甚歡。葛先生正在撰寫《蕭軍評傳》，明年暑假可能會到北京走一趟。我告訴他：您對他的《蕭紅小傳》（編按：似為《蕭紅評傳》）十分讚賞，他很高興。

今午忽接京都大學學生田中裕子來信。他（編按：似為「她」）準備寫一篇關於您的論文，向我索取《前史》、《大時代》、〈初吻〉等大作，我會寄給他（編按：似為「她」）的。不過，《科爾沁旗草原》第二部，我也沒有找到。據說美國國會圖書館存有《文藝雜誌》，但沒有熟人是影印不到的。

隨函奉上田中裕子來信（影印）及《蕭紅評傳》最後三節，請詧。

匆匆，即頌

著安

又及：張慕辛先生大文已刊於《明報月刊》，稿費港幣柒拾元，是否可交《文匯報》轉上？

弟以鬯上
九月廿日

❖

［二十七］

以鬯先生：

手示及複製田中裕子信收到。葛浩文先生對蕭紅作品評價有獨到之處，特別對《呼蘭河傳》評價極恰。關於引用別人的東西，有與事實相違之處，下次信中告您。（編按：此頁信紙左邊還寫着：「我尚未及細讀，因為我把精力得集中使用，否則長篇《曹雪芹》是無法完成的。」）

張慕辛現在上海，他與我多年未有音問。最近始得他來信，恰巧有你寄我的

〈酸〉稿，我寄他，他為之「辨」。稿費可交《文匯報》，我再由此間轉他。《明報月刊》登「上海來信」很恰當。他過去也住過香港很久。

《草原》第二部我手中也沒有。近期我可以到北京圖書館去查，如有，我即複製交您。如沒有，我再向其他方面探詢。

以上是早寫的，因為文代會及來客過多，又趕寫文章，未及發出。《草原》第二部已找到，最近才找到。待我複製後寄您，請先轉告田中裕子，為感！遲覆請諒！

順此，即頌

撰祺

端木

十一月廿六日

又收到慕辛先生稿一件，附上作為參考。

【二十八】

以鬯先生：

您轉來的田中裕子的信，雖早已收到，但是由於我和我愛人鍾耀群都忙，託朋友去找。可惜北京圖書館也不全，只複製了第五章，今寄上，請轉寄田中裕子女士。我再託人再為尋覓，有的朋友，要親到桂林去查，不知能否如願。

今天是一九八〇年的頭一天，本來打算在去年寄出的，結果竟爾跨了年，實在是不應該的。先寫到此處，問你

新年好！

端木

（一九八〇）一月一日

❖

【二十九】

蕻良先生：

十一月廿七日（編按：似為「十一月廿六日」）及元旦手書奉悉。《草原》第二部第五章及慕辛先生大作亦已收到，請釋念。

我已將《前史》全文寄給田中裕子，迄無回音，不知何故。田中裕子據說為日本作家竹內實之學生。

《草原》第二部第一章至第四章既然找不到，暫時不必託人到桂林去找了。等田中裕子有信寄來時再說吧。

美國葛浩文（Howard Goldblatt）——即《蕭紅評傳》作者有意與您通信，要我將尊址告訴他，未審尊意如何？

本港十二月四日出版之《星島晚報》，副刊中有一篇文章提到大作《曹雪芹》，隨函奉上。

近日因為要趕譯一本二十萬字的小說，工作比較忙些。

敬問

著安

以鬯

一月十三日

❖

〔三十〕

以鬯先生：

手示及轉來黃南翔先生大文，知高陽先生大作有《紅樓夢斷》，甚望將來有拜讀的機會。

全國作協轉來美國葛浩文先生信來，已有數日了，我會回信給他的。你可以把我的地址告他。他並附寄《蕭紅評傳》，我尚未來得及閱過。

文代會期間，遇到彭燕郊，他說與你相熟，並有懷舊之感。他現在湘潭大學任教，我與他在湘桂撤退之後，就再沒有會過。

《曹雪芹》春節後，第一冊單行本當可問世。知注特告。

耑此，即問

近好

端木

（劉注寫於：一九八〇・一・二十）

❖

〔三十二〕

以鬯先生：

我因忙，一直沒有寫信給你，請諒。因為早已受人之託，請你複製蕭紅的《民族魂》和〈告東北同胞書〉。

另外孫陵寫的〈端木永作負心人〉亦盼能寄來。

我因麻煩你太多，你又非常忙，實在過意不去。但受人之託，此間又無此等書刊，只有麻煩你了，請諒。

最近我收到葛浩文先生信，他非常慊（編按：似為「謙」）虛，態度誠懇，是一位有科學態度的學者，所以，我很樂於和他通訊，因為，對蕭紅作品作出公允的評價，我只是在他的文章裏看到。這一點是最可貴的。

《曹雪芹》（上冊）不久即可問世，此間印刷太慢，又以印數較多，以至遲遲不能完工。出來時，至當奉上請教。

彭燕郊先生現於湘潭大學任教，文學系教書，他在文代會期間來京，我們已數十年未見，他在插架上見到你寫的《端木蕻良論》，高興萬分，並談及與你相識。最近看到《開卷》介紹你的文章，大概您在重慶（編按：似為「上海」。劉以鬯先生一九四六年在上海辦「懷正文化社」，出版過下文所説熊佛西的《鐵花》。）開設出版社時，我不在重慶。熊佛西出《鐵花》我見過，他以前出的《鐵苗》是在桂林，當時，他找我為他潤色，我未及作到，即有湘桂撤退之行。因此，對《鐵花》是有印象的。熊佛西我在重慶未見過他，在上海才又見到的。順便談及，也算一段往事吧！

還有楊纖如也說和你會過。他最近寫個長篇《傘》，即由人民文學出版社印行，不久即出。

近好

再談，問

端木

三月九日

《文匯報》連載我已請他們停了。因無拙稿，且時間將近一年。如精力稍佳，我還有蘇杭之行。又及。

❖

【三十二】

蕻良先生：

手示敬悉。

〈一九四〇年蕭紅在香港〉、《民族魂魯迅》、〈端木永作負心人〉隨函奉上，請檢收。〈告東北同胞書〉一文不知道塞到甚麼地方去了，一時無法找到。將來找到時自當影印一份寄上。

此間有兩家出版社（「昭明」與「世界」）都要我為他們編叢書。「昭明」要我為他們編《昭明文叢》；「世界」要我為他們編《中國新文學叢書》。這兩家出版社都是商辦的。

要編好這兩套叢書，非得到您的幫助不可。

請您給我兩本集子：

（一）散文集，字數在十萬字左右，交「世界」出版。

（二）《科爾沁前史》，回憶錄，交「昭明」出版。我手頭有：《科爾沁前史》、〈初吻〉、〈早春〉、〈青島之夜〉、〈編輯《科學新聞》的回憶〉及〈生活的火花〉等六篇，約十萬左右，如果您同意將這些文章結成一個集子的話，只需寫一篇〈前記〉就可以發排了。〈前記〉非寫不可，因為香港翻版書太多。

「世界」出書，只付稿酬，不抽版稅，交稿時付港幣一千二百元。（可請在港友好如曾敏之兄代領。）我與出版社訂合約時規定：「作者雖已支取稿酬，仍有權從其中抽取若干篇（但不可超過該冊三分之一篇幅）另行結集出版。」

年結算兩次。
「昭明」是一家極可信任的出版社，規定作家依定價抽百分之七的版稅，每

希望您肯幫助我。

王西彥先生是不是也在北京？能不能請他也給我一本集子？我不認識王先生，不過三十多年前我在上海辦出版社時，姚雪垠兄曾介紹他的小說集《人性殺戮》給我。

匆匆不盡，即問

著安

以鬯

三月三十日

❖

〔三十三〕

以鬯先生：

前日建成先生來舍間，託他帶上《曹雪芹》單行本上卷，想已收到。這寫的是曹雪芹十歲光景不到一年的時候，續稿尚未動手，我如健康允許，待到南方一行之夜（編按：似為「後」），再行續寫。看後尚望你提寶貴的意見和批評，以便續稿中有所改訂。

您能為香港這個商業城市，加添一些文藝氣息，是大好事，我能為你盡點力，是很高興的，請不要客氣。既然出版社又是商辦，更應該扶植才是。你說的出版計劃我都同意，只是著作權仍歸作者所有，以便出全集時，不發生問題。至於另出集子，當然不能雷同。不能也不應超過上手的稿子。否則出版家也沒有保障了。散文我列了一些篇目，你能收到多少篇？如您處沒有，我還得託人代收。你已收好的集子的〈前記〉寄上，看是否合用，因為我對海外讀者情況知道很少，信筆直書，如不合用，我可再寫。西彥兄在上海，我已寫信告他，你可直接寫信給他，並可請他代約稿子。許傑先生我想你是熟習的，你如約他出集子，我可以代約。丰村是上海文聯秘書長，您在重慶時，他也在重慶，不知你們相識否？

王西彥上海地址是：上海復興西路ＸＸ號Ｘ樓Ｘ室。他也可以幫你代約稿子。

收到請來信。匆此，即頌

編安

端木

四月十八日

近來北方天氣不正，我有些不適，遲覆請諒。我五月中旬可能去南方，有事請早些來示。又及。

大作《不碎的陶瓷》（編按：經查並無此書，疑為長篇小説《陶瓷》，一九七九年收入梅子主編的《海外文叢》，由香港文學研究社出版。）盼能惠贈一本，為感！

❖

【三十四】

蕻良先生：

四月十八日手示敬悉。您對我的支持，使我得到最大的鼓勵，萬分感激。〈前記〉寫得很精彩、很得體。全書已交「昭明」排印，估計三、四個月之後可以出書。

《散文集》目錄中，我已找到的，有下列九篇：

（一）〈永恆的悲哀〉

（二）〈哀魯迅先生一年〉

（三）〈記一二九〉

（四）〈詩人和狼〉

（五）〈春（編按：似為「香」）山碧雲寺漫記〉

（六）〈傳說（外二篇）〉

（七）〈紀念蕭紅向黨致敬〉

（八）〈在草原上〉
（九）〈花一樣的石頭〉
可能找到的，有下列九篇：
（一）〈衷心的紀念〉
（二）〈送茅盾先生出國〉
（三）〈年輪〉
（四）〈草原春曲——內蒙紀行〉
（五）〈美麗的呼倫貝爾草原——紀行〉
（六）〈三馬河〉
（七）〈套馬〉
（八）〈原始森林——紀行〉
（九）〈去達賚湖路上〉
無法找到的，有下列十二篇：
（一）〈哭迅師〉
（二）〈紙簍瑣記〉

（三）〈雅歌筆記〉
（四）〈心浮私記〉
（五）〈不朽的一天〉
（六）〈在內興安嶺原始森林裏〉
（七）〈山胡桃〉
（八）〈風從草原來〉
（九）〈泥柏書的新頁——昭烏達盟散記〉
（十）〈山谷裏的笑聲〉
（十一）〈劍麻〉
（十二）〈雨後〉

請設法先將我無法找到的十二篇找一找。至於「可能找到的」九篇，我會盡量去找的。

關於保留著作權的問題，我與世界出版社已談過。將來收取稿酬時，出版社會在稿費單上註明「著作權歸作者所有」。

昭明出版社採抽版稅制，著作權當然歸作者所有。

許傑先生我不熟，您要是有空的話，幫我寫封信給他，請他給我一本短篇小說集（十萬字左右）。

丰村我見過。四十年代我在上海辦出版社時曾出過他的《望八里家》。

王西彥先生尚未拿集子給我。過一兩天我會寫信給他的。

上周到深圳去與廣東人民出版社的蘇晨先生見面。我們談到您，都說您是好好先生。

昭明出版社有意出版「蕭紅選集」，不知道您的意思怎麼樣？

您的散文集，出版時用《端木蕻良散文集》？還是另定書名？

《散文集》也需要有一篇〈前記〉，藉此告訴讀者這是新書，並非盜印本。香港盜印本實在太多。

草草即頌

著安

以鬯

五月二日

❖

【三十五】

蕻良先生：

五月二日曾奉一箋，諒已達覽。

散文集中三十篇大作已找到十八篇，下列十二篇只好麻煩您去找了：

（一）〈哭迅師〉（一九三九年十月二十九日《文藝新聞》第三號）

（二）〈紙簍瑣記〉

（三）〈雅歌筆記〉（一九四三年《文藝雜志》二卷三期）

（四）〈心浮私記〉（一九四三年《人間世》一卷六期）

（五）〈送茅盾先生出國〉（《文藝陣地》）

（六）〈不朽的一天〉

（七）〈在內興安嶺原始森林裏〉（一九六一年十月三十一日《北京日報》）

（八）〈山胡桃〉（一九五七年《處女地》第二期）

（九）〈風從草原來〉（一九六一年一月十日《北京日報》）

（十）〈泥柏書的新頁——昭烏達盟散記〉（《民族團結》）
（十一）〈劍麻〉（一九六三年《邊疆文藝》五月號）
（十二）〈雨後〉（《北京文藝》）
請勿忘寫〈前記〉，最好寄一兩幀近影來。
匆匆即頌
著安

以鬯
五月十九日

❖

［三十六］

以鬯先生：
信早收，遲覆請諒。
現寄上〈雨後〉一篇，其他已委託北京圖書館代查，如查到複製奉上。當然不一定都查到。

附上照片兩張，並不理想，將來有適當的，再行奉上。

由上海圖書館已查到《科爾沁旗草原》第二部，如你需要當即付郵。

我正在寫《曹雪芹》緒（編按：似為「續」）稿，較忙。收到此信請即告我，為感！

順此，即問

近好

端

六月五日

託建成先生送您拙作《曹雪芹》，不知他帶到否？盼告！

照片用畢請寄還，因無底片。又及。

❖

〔三十七〕

蕻良先生：

六月五日手示敬悉。〈雨後〉及照片兩幀也收到了。照片十分理想，製版後當掛號奉還，請勿念。

散文集尚缺十一篇。

大作〈詩的戰鬥歷程〉（載《文藝陣地》）是否可收入集中？〈金磚瑣談〉也很有意思。這兩篇文章，我都有，不必寄。

書名請示知。

此書也需要寫一篇序言，表示此係新書，並非盜印本。字數不拘，幾百字也可以。

《科爾沁旗草原》第二部請費神擲下。我會轉寄給田中裕子的。

田中裕子的論文已寫成，題目是：〈端木蕻良の文学に於けるトルストイの影響〉（〈在端木蕻良文學上的托爾斯泰的影響〉）——是她自己的中譯。

她已獲得碩士學位。

大作《曹雪芹》剛轉到，這是一部重要的作品，請繼續努力！祝

健康

以鬯上

六月十日

❖

［三十八］

以鬯先生：

上次寄上照片及〈雨後〉等稿，想已收到。現在再寄上〈山核（編按：似為「胡」）桃〉、〈心浮私記〉，都是圖書館和各地朋友挈（編按：似為「協」）助找的，不知字數是否已足數？

最近收到葛浩文的信，他們賢伉儷要在七月來京訪問，他本來說是明年來，但由於他夫人有假期，所以臨時改在今年，故而匆匆忙忙，日程他也心中無

數哩！

關於序文，我下次再寄上。

順此，即請

撰祺

端

六月廿七日

❖

【三十九】

蕻良先生：

廿七日信及〈心浮私記〉、〈山胡桃〉頃收到，謝謝。

六月五日來示及照片與〈雨後〉早已收到。我曾於六月十日奉上一箋，可能已遺失。

關於《散文選》的稿件，要是實在難找的話，可否將〈詩的戰鬥歷程〉、〈金磚瑣談〉、〈訪「瓶湖」〉補入？這三篇稿子，我都有。

下次來信，請將〈序言〉擲下，書名亦請示知。

田中裕子已獲得碩士學位。

最近她還將〈鸑鷟湖的憂鬱〉譯成日文。

葛浩文夫婦曾於七月一日來港，暢談甚歡。他們本來打算到北京去走一趟的。因為事先聯絡得不好，未能成行。他買了兩本海明威的作品與一本《狄更司傳》送給你，只好改為郵寄。

大作《曹雪芹》已轉到。這是一部重要的作品，請繼續努力！

匆匆即頌

著安

以鬯上

七月六日

〔四十〕

以鬯先生：

七月六日信中提及六月五日（編按：似為「十日」）信，確未收到。

您要補入散文記（編按：似為「選」）三篇文字，我想可以。其中有兩篇是「文革」後寫的，序文中提到。

請您代向田中裕子女士祝賀她得碩士學位。如果她願和我通訊，可將我的地址告她。

《科爾沁旗草原》第二部是委託上海圖書館複製的，不太理想，請代轉給田中裕子女士，為感！其中缺第四章，尚未寄來。待寄來後，再補入。並請告她，把她的論文〈端木蕻良文學上的托爾斯泰的影響〉惠寄一份給我。又得悉夏志清先生〈端木蕻良的小說〉已寫成，請您代達，亦請惠寄一份，為感！

知葛浩文賢伉儷已於一日抵港，無法入境，深感遺憾。他臨行匆匆，又為我帶書，昨天都已收到，請代我致以深切的謝意。並希望來年能在北京快晤。因為，我估計他們可能已回國，或他去，所以不寫信了。他們起身匆忙，我本來想請他們把史沫特萊憶蕭紅文帶來給我，但估計他們已出發，故未寫信告他。如你處有此文，請複製給我一份，為感。

承您對拙作《曹雪芹》給以評價，至當勉力完成之，以求不負海內外讀友之期許。我一下子，託您辦好多事，看了不覺啞然失笑，因為香港的時間是緊迫的，我是不要求你都能作的。

散文集定名為《火鳥之羽》，因為補入了一篇〈火鳥〉，您以為如何？又香港「三聯」要出我的選集，他們要附入一些評論，我把你的一段（編按：「一段」似為衍文）〈論科爾沁旗〉的一段附入，想來您會同意的。

匆匆，專此即頌

編安

端木

七月十五日

我在十九—卅一日到哈爾濱開紅樓夢學術討論會，八月初返京。又及。

❖

〔四十一〕

以鬯先生：

好久沒寫信給您，因為既病且忙，請諒。

葛浩文早來信，我也是最近才得回他信。有人告我說《憎恨》、《風陵渡》都重板（編按：似為「版」），但我未見消息。又有人告我《廣角鏡》有我與朋友過去在港的照片，找來看了一下，大概是六期吧，把名次印得和照片上不合。

這裏要出我幾本書，我不想超過您編的那本三分之二，因此，請你把您固定下來的編目，打印一份給我。我好在編書時，作到這點。尤其是香港三聯出我的選集，還有一個書店也早來接洽過，但我都因舊稿找不齊，至今還未定下來。因為由他們的編輯部找來的選材中，和您編入的重複可能性就大些。

我寫作的雜七雜八到（編按：似為「倒」）不少，但不能說進度快，我還覺得慢得不行。但願我在最近身體好些，寫得快些。收到請來信。

耑此，即請

編安

端木

十一月卅日

❖

［四十二］

蕻良先生：

十一月卅日手示敬悉。

《火鳥之羽》目次一頁，隨函奉上，不必寄回。此書因字數太少，最後加入〈我的創作經驗〉一篇，正在植字中。

請您寄一頁手稿給我。（以前您用毛筆寫給我的信，是否可當手跡刊出？）《憎恨》與《風陵渡》都有重版，我在書店見過，不知道是誰出版的。

舊曆新年假期，我或將赴美旅行。

專此即頌

著安

以鬯

十二月八日

P.S.《火鳥之羽》（見編注三）稿酬港幣壹仟弍百元早已請曾敏之兄代收。

編注三 散文集《火鳥之羽》，一九八一年七月收入劉以鬯先生主編的《中國新文學叢書》，改由與世界出版社同屬一機構的香港文學研究社出版。以上第三十二和三十四封信分別提及的《昭明文叢》、《科爾沁前史》和《蕭紅選集》等，後來均未見在昭明出版社問世。

❖

【四十三】

以鬯先生：

來信及《火鳥之羽》目錄收到。此集因許多稿件，收集不到，由此可證浩劫的後果，比預想的要嚴重得多。加之，我既病且忙，考慮不周，字數較少，加上〈經驗〉，當然很好。我最近又找到發表在上海《文藝春秋》（一九四七．五．十五日）一篇我寫的〈創作和生活〉，如來得及請加印在〈我的創作經驗〉之後，這樣，也許不太單薄了。

我寫給您的毛筆信，由您發落吧，我想是可以的，當然我記不起內容了。另外附上原稿一紙，製版後都請寄回，為感！承中山大學一位朋友，把我在《時代文學》上發表我的指畫〈魯迅先生像〉複製品（屬名金詠霓）（寄來），我因年來記憶很差，見到才記起來，因而又想到我在《時代文學》上面，目錄上面的頭像其中也曾畫有魯迅先生象（編按：似為「像」），還有一幅是為茅盾畫的。這些群象（編按：似為「像」）都是在資料缺乏中畫的，有的是從《世界文庫》扉頁中的紐扣大小的小象（編按：似為「像」）作藍本的。因為忽然信筆想起，拉雜述及。

稿費交曾敏之即可。

知您假期可能遠行，預祝旅途愉快。我明年四月五月將去京、滬、杭、揚一行，主要還是想按曹雪芹的遊蹤按圖索驥，由於健康不佳，不會時間太久，只能走馬觀花而已，知注特告。

此頌

撰祺

端

（編按：一九八〇年）十二月十四日

附上：

（一）手稿一頁

（二）〈創作和生活〉（原件）

（三）〈魯迅先生像〉共三件，用畢都請寄回。

明年為魯迅先生百年周年，這個小冊子中有幾篇都是紀念魯迅先生的，是否即可用此照片作為插頁，鑒於已排好，可否加在前面，用較厚紙印出。原畫不知尺寸，此片如刊出，盼能放大，請考慮！又及。

❖

〔四十四〕

以鬯先生：

我於下月即去蘇杭一帶一行，訪曹雪芹舊跡，我和內子同行，家中便沒有人了，因此，如有信件，請暫勿寄，以免遺失。待我由南北返後，當即函告奉陳。專此，匆匆，即頌

近祺

端木蕻良

（一九八一年）四月廿日

〔四十五〕

京平先生：

久未肅候，非敢相忘，實因工作太忙。

大作《端木蕻良小說選》早已收到，謝謝。

最近我打算寫一篇〈端木蕻良在香港的文藝活動〉（編按：一九八三年八月十一日，在第五屆香港「中文文學週專題講座」上宣讀此文時，文題為〈端木蕻良在香港的文學活動〉。），因為想寫得準確些，不得不麻煩您回覆我提出的一些問題。

鍾汝霖來信已收到，他需要的資料，我已寄去。

匆匆不盡，即頌

著安

劉以鬯

一九八三年一月二日

❖

[四十六]

以鬯先生：

您的信我早已收到，草稿寫就，但未騰（編按：似為「謄」）清，皆為雜務打亂，無暇峻（編按：似為「竣」）稿。請稍待，我將在最短期間奉上請政。《曹雪芹》中卷亦在拼搏中，希望三月能交稿，那時可能有喘息機會。

耑此，即頌

道祺

並祝

春節新禧

端木蕻良

一九八三・二月三日夜

❖

［四十七］

以鬯先生：

實在對不起，一個新年，一個春節，弄得我工作日程都打亂了，你提出的問題（見編注四），今天才算寫出，供你參考。諸希鑒諒。

假如你有興趣，你可以訪問一下陳君葆先生，蕭紅遷墓事，是由他寫信給我的，這信好像是由夏衍轉給我的，如您見到他，順便可問及。信中談到淺水灣要改建，當時中英文化協會負責人，是一位女士，名字記不得了，和陳君葆先生商量採取兩個辦法，一是遷往廣州，一是遷往香港某地，（徵求我的同意）由中英文化協會發起募款營建墓地。當時，我正被審查是否為胡風分子，所以我不能去香港面談。此事，即覆信告他，還以遷廣州為是。我寫信給廣州文聯洽定以安葬銀河公墓為宜。並委託由秦牧、黃谷柳去港遷墓。

陳君葆先生當我留港時有過從，他當時是華人代表，如您去會他，請把我對他的謝意和敬意轉達給他，並祝他健康長壽。

又李國基大夫、黃大衛大夫，都曾到樂道八號為蕭紅看過病，都是由柳亞子先生介紹的。不知這兩位大夫尚行醫否？

又蕭紅曾在瑪麗醫院改為野戰醫院時，遷入法國醫院，當時法國醫院有位法國老大夫，對她非常好，但由於藥物都在佔領軍控制下，他也束手無策。我以前尚記得他的名字，但文革後再也想不起來了，只記得音節不多而已，如您有興趣，可問現存該院的老人，可否打聽出來他的名字，我是永遠記念這位可尊敬的老醫生，有國際主義人道主義風格的老大夫的。將來我會寫文紀念他的。

以後再談，專此，即頌

時安

端木蕻良

一九八三、三月十日燈下

寫得過草，請諒，無暇騰（編按：似為「謄」）清！

又出版社要出版有關拙作評論文章，您寫的有關我的作品文章要列入，盼能得到您的同意。

編注四 這些問題以問（提出問題）答（留白待答）形式寫在五頁白紙上，共十八題，以下抄錄時，只留下問題，題號為編者所加。端木只回答到第十四題。

〇一 您曾在香港居留過兩次，對不對？

〇二 肖鳳在《蕭紅傳》中說您於一九四〇年春偕蕭紅到達香港；但謝霜天說是「一九四〇年六月四日」，究竟哪一說可信？

〇三 您第一次（一九四〇年至一九四二年）居留香港時住在九龍尖沙咀樂道八號，是誰介紹您們去住的？那時期，有沒有在別處住過？

〇四 第二次（一九四八年秋至一九四九年八月）居留香港時住在甚麼地方？

〇五 您參加過幾次「芳園盛會」（達德學院文學系舉行的「作家招待會」）？請說一說參加「作家招待會」的情形。

〇六 留港期間，除《大時代》（未完成）和《科爾沁旗前史》外，還寫過許多短篇、論文和雜文。您記得這些短篇、論文和雜文的篇名嗎？〈論魯迅〉一文發表在甚麼地方？

〇七 您怎樣認識葉靈鳳的？甚麼時候開始為葉靈鳳編的「星座」寫稿？發表過哪一些稿子？

〇八 除了「星座」，您為《大公報》也寫過不少稿。當時，《大公報》副刊編輯是誰？您甚麼時候開始為《大公報》寫稿？寫過哪一些稿子？

〇九 請談談您與《文藝生活》（司馬文森編）的關係。

一〇 請談談您所編的《時代文學》。

一一 肖鳳在她的《蕭紅傳》中提到史沫特萊給您和蕭紅的幫助。在您的記憶中，還有甚麼事情為肖鳳所未記的？

一二 海外記蕭紅的文章，對您都有誤解。這種不正確的觀念是必須加以糾正的。我的看法是：蕭紅最重要的作品如《呼蘭河傳》、《馬伯樂》和《小城三月》都是與您在一起時寫成的，證明她的心情相當好。蕭紅在構思這些作品時有沒有將她的計劃告訴您？您有沒有提供意見？

一三 聽說您留港期間曾寫過一個短篇由「大光明影業公司」改編為電影，片名：《水上人家》。您還記得這個短篇的題目嗎？

一四 您曾將蕭紅的骨灰分葬兩處：一處在淺水灣；另一處在聖士提反女校的校園。蕭紅骨灰重葬於廣州銀河公墓時，聖士提反女校的骨灰有沒有遷回？

一五 葛浩文說蕭紅終於一九四二年一月二十二日，肖鳳說是一月二十三日，究竟是哪一天？

一六 您與蕭紅有沒有參加「文藝協會香港分會」？

一七 留港期間與電影界有聯繫嗎？

一八 留港期間，您與茅盾有來往嗎？

○一　第一次去香港一九四〇一月——一九四二春。第二次一九四八秋——一九四九（年）八月乘船抵津返京。

○二　我於一九四〇春與蕭紅託人買飛機票去港，離渝時曾與華崗商量，臨行時曾告《文摘》副主編賈開基。我抵港時，《香港日報》似發有消息，可請查一查，時間以蕭風（編按：似為《蕭紅傳》作者「肖鳳」）所說為是。

○三　初抵香港住孫寒冰處，我們在九龍金巴利道納士佛台三號，後樂道八號有空房，孫寒冰即走告要我們賃居此地，以其與大時代書店相鄰，可有些方便，大時代書店當時由馮和法主持，馮先生為全國政協委員，如有詢問，可直寄政協。

○四　第二次去港，一九四八秋——一九四九（年）八月住九華徑，與方成、單復同住，是由黃永玉代找房子的，我們都戲稱他為「村長」。

○五　招待會等參加不少，但情況記不清了。加之，我講話事先都不作稿子，都是即興發言，所以，我記憶所及，我自已從未發表過發言稿。

○六　〈論魯迅〉一文發表在茅盾在上海編的《文藝陣地》上，小說《蒿壩》

（編按：「垻」為「壩」的簡體）（後改名《江南風景》）分數次發表於《星島日報》副刊「星座」。其他：

一九四〇・六・三十　〈介紹《鐵流》〉，《大公報》綜合版九百六十九。（編按：有說是《大公報》副刊「文藝綜合」第八百七十一期。見端木侄子曹革成編纂《端木蕻良年譜》一九四〇年六月三十日條，載《新文學史料》二〇一三年第二期。）

一九四〇・三・十六　指導黃濤作的〈悼念被炸殉職的H君〉（西南公路線通訊），三月十六日《大公報》「學生界」。開始〈每周習作研究〉（編按：是《學生界》副刊辦的），特請端木蕻良、思慕、許君遠、純青等四人指導研究。

二月開始刊出《蒿垻》（編按：「垻」為「壩」的簡體）（中篇連載）。

四・十三　指導月秀作的〈老畫師〉。

六・八　〈論魯迅〉，上海《文藝陣地叢刊》（五卷二期）。

八・三　〈略論民族魂魯迅〉（《星島日報》副刊）

十二・一　〈單表六師爺〉《星島日報》副刊。（注）此書名忘記，是用章回體寫的，作者為谷斯範，由胡愈之拿來找我寫文介紹的。

十二・一　《科爾沁旗前史》（《時代批評》）。（注）應周鯨文之約而寫的。

十一・一〈論阿Q〉（《星島》）

十二・一〈阿Q論拾遺〉？

十二・十五〈門外文談〉（《大公報》）

一九四一・二・十六〈中國三十年來之文學演變〉，商務印書館《東方雜誌》三十八（卷）四（期）。

四・二十六〈論懺悔貴族〉（《時代批評》）

四・二十八〈再論阿Q〉

關於茅盾先生，他在來港前曾與我通訊，這就是發表在《時代文學》上的望舒手跡的長信。並附有照片，我並依照這照片，畫了板（編按：似為「版」）頭畫。茅盾先生到港時，《筆談》是由時代書店以擔保名義出版的，香港有這種制度。茅盾先生曾為《時代文學》寫過〈大題小解〉的特稿，標題的圖案字，是我寫的。

史沫特萊和茅盾先生見面時，也約我和蕭紅同時見面。史沫特萊談到她在新四軍的生活。

茅盾是可以用英語談話的，不過說得不夠流暢。

（下面繼續上段的目錄，我因病且忙，不拘形式，否則又得耽誤時間，就更對不起來。所以就維持這樣吧！附記）

六．一〈論民主與人權〉（《時代文學》創刊號）

〈苦芹亭抄〉

〈過河偶感有贈〉（贈曹靖華）

〈贈華君〉（華崗）

〈贈靜農〉（台靜農）

〈哀迅師〉

六．一〈人權運動的行動性〉（《時代批評》七十三、七十四期合刊）

七．一《小城三月》插圖二幅

七．一　長篇《大時代》

〈苦芹亭詩抄〉

〈雲頂峰口號〉（與蕭紅同住歌樂山雲頂寺鄉建社招待所時作）

〈中秋憶田〉

〈悼范築先〉

〈悼寒冰〉（在渝復旦大學被炸身死。賈開基炸傷。我和蕭紅在重慶逃警報都是和他們一起，都是他們招我們同去的。）

八・一　〈孤憤詩二首〉（署名「紅樓內史」）（《時代文學》第三期）

八・一　〈紙簍瑣記〉

〈追懷許地山先生〉（題頭像也是我畫的）

八・十六　〈人權運動的進軍〉（《時代批評》四卷總七十七期）

九・十六　〈民主建國與復土抗戰〉（《時代批評》四卷總九十四期）

九・十六　「魯迅與（編按：似為「和」）青年」（徵稿啟事）（《時代文學》）

魯迅先生指畫像

一九四二・六・二十　〈向《紅樓夢》學習描寫人物〉（文藝雜談）（刊桂林《文學報》）

〇七　「星座」是由戴望舒主編的，我在重慶他便帶信約我寫長篇（《大江》），當時不是葉靈鳳編。如果是他，也不是他向我約稿的。我到港時，都是望舒接待我，向我約稿，是因望舒的關係，而和靈鳳相識的。

○八　《大公報》副刊編輯是楊剛，我在重慶復旦教書時，她即函約我為她撰寫長篇連載，並將副刊寄我。《大江》在《星島日報》連載，《新都花絮》即在《大公報》連載。有些已見前目，其他是否還有，忘記了。耀群正在整理一個我的創作年表。

○九　司馬文森向我約寫短篇，我當時編刊物寫雜稿，寫短篇不多。有長篇縈繞在腦中時，不好騰出手來寫短篇的，就如我目前就有好多人約我寫短篇，我都無法進行。但我是否給過他甚麼稿子，也記不清了。

一○　《時代文學》可能是香港首創的大型文藝月刊。當時，胡愈之先生介紹我與周鯨文相識的，以前我與他不相識。周鯨文正發起營救張學良活動，開展人權運動，還有鄉誼關係，所以能合作。《時代文學》完全由我負責編輯，他是從不過問的。

《時代文學》曾發過「蘇聯文學專號」，當時香港書籍貧乏，蘇聯文學資料多由戈寶權提供給我的。特別是有關圖片。

《時代文學》發起「魯迅與（編按：似為「和」）青年」徵文，為海外青年向魯迅先生學習，提供了園地。

並刊登一組被拆棚戶的控訴書，被檢掉。

《時代文學》為了擴大文學隊伍，特闢「南國的一天」徵文。《時代文學》四期刊辛克萊反法西（斯）廣播詞，辛克萊致蕭紅女士信，辛克萊簽名式。

《時代文學》刊登解放區（延安）的創作。是我與丁玲聯繫，委託她代約的。因為郵遞檢查，有的收到，有的未曾收到，後來便成為不可能了。我記得發表劉白羽的小說，版花是我設計的，標題是〈太陽〉。

《時代文學》刊登上海淪陷區的來稿，是通過巴人寄來的，大概有章泯的《撫恤金》（劇本）獨幕劇。也由於郵政檢查，不能全部收到，但收到時，我都予以刊出。

一一　史沫特萊臨行時，曾留下十篇（小說）給我議（編按：似為「譯」）成中文發表。《時代文學》我回憶曾發表過她兩篇作品，一篇由柳無垢議（編按：似為「譯」）出，另一篇記不清請誰議（編按：似為「譯」）的了。其餘的都捐（編按：似為「損」）

失於太平洋戰（爭），但我估計她會有複稿，因為她留下的都是打字稿。她臨行時，告我她很可能為《福（編按：似為「法」）蘭克福報》寫稿，幾乎是沒有報酬的。

一二　蕭紅寫的《呼蘭河傳》、《馬伯樂》、《小城三月》三個力作，構思都是和我談過的。《馬伯樂》的名字是我給她起的，她認為很有趣。小說的結構也是我給她出的主意，我以《西遊記》和《唐．吉訶德》為例，認為這兩書再續上多長都可以，中間截去一段也可以。對她善於寫散文式的小說，是很合式（編按：似為「適」）的，她覺得我這主意很好。我希望她寫出一個典型人物來，我認為創作不出典型人物的作家，不能成為第一流作家。這說來話長，以後有機會再談。

一三　你提到的短篇，我記不起來，因為這個電影我也沒有看過。我到（編按：似為「倒」）是在第二次（？）去港時，和沈浮有約，要合作一部電影，以江南小城水鄉為題材的，但以後再沒有和他合作。

一四　聖．士提反的骨灰，是香港大學馬季明先生的一位高足和我一起埋葬的。我忘記了他的名字。當時，有一批港大同學要和我一同回廣州，我因料理蕭紅後事，耽誤了時間，他們都分別先走了。他們的名字我都記不得了。馬季明先生為了安慰我，曾留我在他家住了幾天，只有我一個人。我精神心情稍好，即張羅回來。聖．士提反骨灰未迎回，據說該校曾改建了？

我因忙，遲覆請諒，寫得也過於草率，都請原諒。有不清楚的問題，請再來信，當再奉告，如何？

端木謹識

一九八三．三．十日燈下

我未就您原稿寫出，因有時過長那空格恐不適用，好在您一看便知是回答那（編按：似為「哪」）個問題的。

又及。

❖

[四十八]

以鬯先生：

來信收到，關於〈海港復仇記〉，經您最近再度閱過，那是沒有問題是拙作了。複製事確有許多困難，此間也有此問題。我的《紅拂傳》承友人將保留台本交我，我因病照顧不到，至今尋找不到，其中當挾（編按：似為「夾」）有柳亞子詩稿，但願它還在人間，終會失而復得的。該稿又承中山大學饒洪鏡（圖書館館長）複印寄我，但原件殘損數頁，至今未能補得。

《馬伯樂》出版，出版社並未徵得我同意，出版界情況，一言難盡。關於您發現續稿經過，以及發現〈海港復仇記〉經過，我除內心感激外，將來當撰文及之。目前我因病纏事冗，有許多該作的，都列不到日程上來，着急也不能濟事。所以，只能盡量作。

北京天氣到（編按：似為「倒」）涼爽了，今年溽暑期特長，但天涼，對我的腿又將不利。不過，我還是堅持每天散步兩次，當然，有時被客人把時間佔去，那又當別論了！知道您很關心我的健康，特告。

專此，即頌

筆健

端木蕻良

一九八三．九．十

燈下

❖

〔四十九〕

以鬯先生：

您好！今年北京奇熱，我在溽暑中拼搏，《曹雪芹》中卷總算趕寫出來，已交出版社了，知注特告。現在又面臨編輯「選集」問題，還有一些稿子弄不到，麻煩您，萬望能把〈海港復仇記〉複製一份擲下，為感！一切感謝！

順此，即頌

中秋佳勝！

端木
一九八三・九・十九
虎坊路一樓一單元二號

❖

【五十】

京平先生：

九月十九日來示及〈端木蕻良近作〉已收到，謝謝。

你要我複製〈海港復仇記〉，我一定設法複製給您。不過，報館資料室的合訂本是三十多年前的東西，部分裝訂已脫落，不能借出來影印。我寫〈端木蕻良在香港的文學活動〉時也在（編按：似為「是」）坐在資料室裏翻閱合訂本的。過幾天，我會到圖書館去詢問。

蕭紅的《馬伯樂》（足本）已出版，值得高興。但續稿是我發現的，該書〈前言〉對我隻字不提，不知何故？

匆匆即頌

著安

劉以鬯

九月三十日

❖

【五十二】

蕻良先生：

手示敬悉，〈海港復仇記〉隨函奉上，乞察收。

日前友人來電，說東北一雜誌（去冬出版）刊出的文章中已提及〈海港復仇記〉。既然這樣，〈海港復仇記〉就不能算是我發現的了。先生將來撰文談到〈海港復仇記〉時，請注意這一點。

匆匆順頌

著安

劉以鬯

十月廿一日

❖

[五十二]

以鬯先生：

承您把〈海港復仇記〉複製寄來，萬分感謝。因為「文革」浩劫以後，記憶力銳減，有些事很難回憶起來，現在，看到，才想起來。來信提到東北有一刊物，文章中提到〈海港復仇記〉，不知是甚麼刊物？如果，光是題目，而無內容，那麼，來源仍是您這兒，而轉輾傳出的。據我目前所知，您是發現此稿的第一人。我在北京也曾查報找原文，因為日期是四八年，而不是四九年，因此，一直沒有找到，見到您的複製件，才算見到原文。

北京查找報刊也很困難，不能借出，須專人去翻閱，複製機有時佔用，不能即時製出。

香港三聯編的我的選集，可能明年出版，後附有我的著作年表，因為好多是沒有目睹原件原文的，只有相對的準確性，希將來能多提意見。

順此，即頌

撰祺

端木蕻良

一九八三．十．三十一

❖

【五十三】

（編按：此為劉先生未完成的回信，故闕上下款）

十月三十一日信已收到。

隨函附上〈端木蕻良年譜〉一頁（影印），請參看。此文為李興武所作，刊於一九八二年十二月出版的《東北現代文學史料》第七期。文中提及〈海港復仇記〉，雖無原文，亦無準確日期，卻比我的講稿早八個月，顯然不是由我這裏轉輾傳出的。所以，〈海港復仇記〉不能算是我發現的。

❖

［五十四］

以鬯先生：

我寫了一篇多年想寫的一篇（編按：原信如此。「一篇」似為衍文）短文，不知可用否？收到請回信，我當繼續投稿。今年是牛年，還應該使點兒牛勁的。

原《大公報》副刊主編，寫了一部《范長江傳》。他的名字叫方蒙，現在北京新聞研究所工作。其中有一部分寫范長江在香港的事跡，要我問您的刊物是否需要這種文章。便中亦請告知，耑此，即頌

時祺

端木蕻良
一九八四・一・二十九夜

❖

【五十五】

以鬯先生：

前寄上拙作《曹雪芹》中卷想已到達，此間向港穗寄書，不知何日方可收得。您以拙文代訂《香港文藝》（編按：似為《香港文學》），正合吾意。本來有一個時（期），我可以收到香港很多書刊，但後來就不行了，但可以在收到郵局通知單後，持證明取出。稍後，通知也沒有了。本來我想訂閱港刊，覺得空惹麻煩，便鼓不起勁頭來，這回到（編按：似為「倒」）可解決了。謝謝！謝謝！耑此，即頌

時祺

端木蕻良
一九八五・十二月廿四日

❖

【五十六】

以鬯先生：

我現在移居香河園，地址另紙呈上。房子屬新建，郵局還未妥貼，聽說您寄來的《香港文學》以「地址不詳」為由已退回。現經交涉，郵件已可收到，請再續寄。您寫給我的信，由耀群去取，承您約稿，我過一個時候，當為投稿，並願作《香港文學》長期訂戶也，我正處於凌亂的書堆中，待稍清理後再談。耑此，即頌

春節好！

端木蕻良

一九八六・一月十八日

❖

〔五十七〕

以鬯先生：

因病且忙，很久沒有寫信。現在趕寫一篇小文〈交流〉，如果可用，請作代訂《香港文學》之費。以後，如有機會，當再續奉上拙文，請正。

我和耀群可能於秋天去香港一行（見編注五），屆時，當可握手言歡，我想，你會在香港的，這個見面，將是給我帶來無限喜悅的會面。

順此，即頌

近安

端木蕻良

一九八七・六・北京

（注：郵戳為一九八七・六・十三）

編注五 一九八七年十月十一日至十一月四日期間，端木夫婦南下深圳（參觀蛇口工業區）、珠海、廣州（往銀河公墓祭掃蕭紅墓），未到香港。十月二十七日，劉以鬯夫婦從香港專程到深圳西麗湖創作之家看望。見端木侄子曹革成編纂《端木蕻良年譜》一九八七年十月十一日與十一月四日條，載《新文學史料》二〇一四年第二期。

❖

【五十八】

京平先生：

台灣遠景出版事業公司沈登恩兄擬在台灣出版先生全部著作，囑弟轉達。附奉名片及遠景公司圖書目錄，請閱。如蒙慨允，請先將授權書寄來，然後撰一篇台版總序。匆匆，敬頌

著安

劉以鬯上

（一九八七年）十月十四日

P.S.《香港文學》是否每期收到？下月為《港文》三周年紀念號，盼惠賜短文一篇，以光篇幅。

（編按：隨函附如下短箋。）

以鬯兄：

我非常喜愛端木蕻良的作品，請代邀端木先生將全部著作授權遠景在台灣出版，遠景將按照慣例從優致酬，謝謝！

弟沈登恩

Oct. 10. 1987）

❖

【五十九】

以鬯兄：

我和耀群剛從黃山回來，我還上到北海，沒有上天都峰，山中遊客常有駐足觀弟拾級而上者（編按：指端木「堅持用拐杖登上北海」，見端木侄子曹革成編纂《端木蕻良年譜》一九八八年五月底條，載《新文學史料》二〇一四年第二期。），這也出我意料。我這次去安徽是參加第六屆全國紅學會，會上宣讀了夏志清、趙岡先生的賀函，蕪湖女市長為我提供方便，到了采石磯，訪問了太白樓，這是意外的收獲（編按：似為「穫」）。回來收到沈登恩先生信，他說即出《科爾沁旗草原》，要我寫一篇新序。耀群正看《科》，只改錯字，不作其他改動，此本為我僅我（編按：似為「有」）一本，是家兄曹漢奇收藏的，他已於在（編按：「在」似為衍文）去年逝世。我序寫好，都一併寄你。這本有家兄手記的（編按：「的」似為衍文）的《科爾沁旗草原》，務請登恩先生寄還為感。

登恩先生信請轉，謝謝！

端木蕻良

（一九八八年）六月十三日

（編按：隨函附如下短箋。

登恩先生：

我和耀群參加全國紅學會第六屆學研會，由南京飛回北京，得悉先生索取《科爾沁旗草原》，並要我寫一篇新序，序文我已着手，不日即可寫成。《科爾沁旗草原》是家兄舊藏本，我因再無其他最早底本，只得將此本寄上，請查收。用後，即請掛號寄回我處，為感！歡迎秋天來北京，請到舍間小飲「高補酒」！耑此，即頌

編安

端木蕻良

一九八八．六．十六日）

❖

【六十】

以鬯先生：

《香港文學》九月份收到，拙文刊出，即請作為訂閱貴刊之資。文中，可能

是抄稿之誤，這在我是常有的事。

（一）廿八頁，中自右第十三行：「鹿子皮」，鹿應為「麂」。

（二）同頁，中，自左第八行：「生命，是個大自然人，是個小自然」。斷句，應為「生命，是個大自然；人，是個小自然」。

盼能轉致「遠景」，改正為感！

耀群飛昆去已半月，再過一個星期即將返京。特告。耑此，即頌

儷安

端木蕻良

九月九日一九八八

❖

【六十二】

以鬯兄：

我和耀群，本來有機會和你們很快就在香港會面了，該是多麼令人興奮的事。但是由於我經歷了一陣狂風驟雨式的肺部感染，又住進了中日友好醫院康復部，入院時是經歷了一次急救過程，這對我寫小說，是沒好處的。現在已住院廿多天，肺部陰影已經消失，咳喇（編按：似為「嗽」）也隨之消失，但體力不濟，香港之行，頓成泡影。文化促進中心，瑋鑾和兄的熱情籌劃，我與耀群都只有心領了。這個蛇尾的新年，只有在醫院中渡（編按：似為「度」）過了，現在耀群正在院中和我陪住，我們在此，為你們祝新禧！

新年快樂！

夫人好！耀群特別向她致意！

端木蕻良

（一九八九年）十二月廿日中日友好醫院

【六十二】

以鬯兄：

我前些日子輸液，已盡一個療程（十五天）。昨天又到口腔醫院專家部去拔牙，因為血壓高，別的醫院拔不成，怕負責任，這個醫院設備齊全，昨天拔了牙，效果很好。過二個月後才能補，我最近正趕寫《曹雪芹》末卷，所以忙着，但又不敢太趕，以免再入醫院，一笑！

現在寄上朋友的女兒一詩，考萍萍寫的，他父親在解放前曾住香港，為《大公報》等寫過文章，解放後回大陸，在文革中被打成反革命，抑鬱身亡，他的夫人因為精神錯亂而死。他們的女兒長大，頗喜寫詩，現在寄上〈請……信〉（編按：詩題為〈請收集好我的信〉），要能闢地為之發表，那對她將是最大的鼓歷（編按：似為「勵」），如不能發表，也不必介意，最好寄回給我。特此，即頌

編安

嫂夫人好，耀群附筆道候。

【六十三】

以鬯先生：

您好！

信收到，端木為《香港文學》六周年寫了一篇散文，不知是否能用？（見編注六）同時附寄一張相片，是天后坐在海駱駝背上渡海的銅象（編按：似為「像」），請您參考。不過照得不好，是在天后宮偏殿展室裏照的，看後請寄回為感。因底片不容易找到了。

端木去年兩次急救入院。今年又為他辦了兩期家庭病床，請醫生每天到家來為他輸液，行動較前更不方便。目前已為他辭謝一切外界活動，主攻《曹雪芹》下卷。但願健康狀況能允許我們早日完成。

端木蕻良
一九九〇．六．十五

專此，即頌

編安

向嫂夫人問好！

端木、耀群

（一九九〇年）十月二十四日

（編按：此信由端木夫人鍾耀群執筆）

編注六　散文〈海駱駝——為《香港文學》創刊六周年〉發表於《香港文學》一九九〇年十一月號。

❖

［六十四］

以鬯兄：

又是一年春，祝你創作編輯雙豐收。

我打算九四年把《曹雪芹》寫完。但願我不生大病，相信可以作到的。知注

特告。專此，即頌賢伉儷

雙安

端木蕻良

鍾耀群拜

（一九九三年底）

後記

初版後記

端木蕻良的〈鷲鷺湖的憂鬱〉發表後，我就開始注意這位作家的作品了。他的短篇寫得好，長篇也有特色。在中國現代文學史上，他佔有的地位，應該是相當重要的。我在《酒徒》（出版於一九六三年十月）中寫過這麼幾句：

> 談到Style，不能不想起張愛玲、端木蕻良與蘆焚（即師陀）。……端木的〈遙遠的風砂〉與〈鷲鷺湖的憂鬱〉，都是第一流的作品。

兩年前，讀過董保中教授的〈記一次現代中國文學座談會〉之後，我決定寫一些評介端木蕻良重要作品的東西了。兩年來，斷斷續續寫了六萬多字，還有幾篇想寫的，一直沒有時間寫。我是一個賣文過日子的人，為了生活，每天必須寫幾千字的連載小說，抽不出太多的時間來寫這一類的文章。現在，既然獲得出版的機會，就將已經寫好的幾篇，稍加修改，交給世界出版社。

這本小書的出版，世界出版社給我的幫助很大。此外，夏志清教授允許我將他的書信發表在這裏，加重了這本書的分量；周鯨文先生接受我的訪問，為我解答疑問，都是應該致謝的。

一九七七年七月廿四日

增訂版後記

❖

蒙羅佩雲女士支持與幫助，《端木蕻良論（增訂版）》終於編竣。有下列幾點需要向讀者交代：

收文方面，有三處增訂：

（一）書前多了「出版說明」部分，詳述了初版和增訂版產生的因緣背景和來龍去脈。初版的第一輯，新版易名為「代前言」；第二及第三輯，分別為新版的第一及第二輯。

（二）初版第四輯重組為兩輯：把新增的〈端木蕻良在香港的文學活動——一九八三年八月十一日在第五屆「中文文學週專題講座」上的發言〉、〈端木蕻良與《時代文學》〉和初版的〈周鯨文先生談端木蕻良〉合為新版的第三輯，大大充實、加強了有關端木當年在港生活與從事文學活動的內容。

另外，把初版的〈關於端木蕻良的通信（附錄：與夏志清先生的通信）〉和新增的〈關於端木蕻良的通信（二）：與端木蕻良先生的通信〉併成新版的第四輯，難能可貴地提供了端木生平（包括與蕭紅的關係）和創作的第一手資料，不僅讓讀者進一步了解劉先生論述的依據，也為未來的研究者掃除了一些史料和理論障礙。

（三）書後多了新版的後記，與初版的後記合成新版的「後記」部分，補充了此書誕生、發展的內情，也解釋了編輯增訂版時所作的技術處理。

編輯的技術處理，主要有三點：

（一）重校了初版收入的所有文字，改正了其中的手民之誤，填補了個別漏字。

（二）統一了初版標點符號的用法。主要如：書名和篇名不用「」、『』，一律改為《》、〈〉。

（三）將新增的〈關於端木蕻良的通信（二）：與端木蕻良先生的通信〉，與信函原件作了校對。其中對錯別字、衍文的處理和必要加上的說明文字，均以

「編按」的形式，置於信中相關文字後的（）內。統一了書信的格式。主要如：祝頌語，一律另行與稱謂齊頭。但有些同一封原信裏對同一人的稱呼「您」「你」不一，則依原信保留下來。還作了若干必要的「編注」，置於相關的信文中或信文末。

儘管已竭誠從事，相信錯失仍在所難免，敬請不吝指正。

梅子

二〇二〇年十月一日初稿

二〇二一年一月二十五日二稿

端木蕻良論（增訂版）

劉以鬯 著
梅子 編

責任編輯 張佩兒
裝幀設計 黃希欣
排 版 陳美連
印 務 林佳年

出版
中華書局（香港）有限公司
香港北角英皇道四九九號北角工業大廈一樓 B
電話：（852）2137 2338
傳真：（852）2713 8202
電子郵件：info@chunghwabook.com.hk
網址：http://www.chunghwabook.com.hk
發行
香港聯合書刊物流有限公司
香港新界荃灣德士古道二二〇 - 二四八號
荃灣工業中心十六樓
電話：（852）2150 2100
傳真：（852）2407 3062
電子郵件：info@suplogistics.com.hk
印刷
美雅印刷製本有限公司
香港觀塘榮業街六號海濱工業大廈四樓 A 室
版次
二〇二一年七月初版

規格
三十二開（200mm×142mm）
ISBN
978-988-8759-26-2